在幸福的盡頭還有

當你為了愛一個人而傷痕累累，
你就有了被另一個人疼愛的資格。

東燁（穹風） 著

楔子

幽雅閒逸的鋼琴樂聲不斷迴蕩在每一處角落，與放眼所及都精心佈置過的環境相得益彰，包裝得精緻的花束、綿延相接的粉色系彩帶，還有鋪在每一張桌子上的白色與粉紅色桌布，無處不是純淨與幸福的況味。

可惜的是，在我身邊來去的每個人，臉上都看不到優雅的神情，儘管和大家對上視線時，他們總是露出打自內心而發出的微笑，然而我知道，在微笑的背後，他們誰的手上沒有一堆忙不完的事？

「欸欸，那束花妳要拿到哪裡去？」站在我旁邊的小蔓，她身上穿著好看的淡紫色小禮服，平口剪裁，綴滿蕾絲，與她白皙的肌膚相互映襯得非常完美，但除此之外，她臉上的妝還沒化完，腳下踩著夾腳拖，頭髮也亂七八糟，正指著一個剛從我背後走過去的人嚷著：「拜託，那束花應該是放在入口的接待桌上的，妳拿錯了！」說完，她又朝另一邊聚集的幾個人喊著，要他們幫忙將一些什麼東西通通搬到後面的角落去，再吩咐幾個工作人員趕緊幫忙照看菜餚的準備情形，跟著，她走到這邊來，對一個站在我跟前，正不斷在我頭髮上抓過來抹過去的女生說：「吳珮綾，妳是笨蛋嗎？叫妳弄個新娘髮型，妳這是在幹嘛？葉心亭待會要踏上的是婚禮舞台，不是搖滾樂手要上場演出啊，妳弄這披頭散髮的是什麼樣子！」

我坐在椅子上，動彈不得，只能無奈苦笑，看著小蔓跟暱稱珮珮的吳珮綾不斷為了頭髮到底要梳成怎樣而爭吵，直到她們最後終於討論出一個定案，我也早已僵直了腰。

「笑一個，妳苦著臉幹嘛？」冷不防的，小蔓一拍我的肩膀，對我說：「在場幾十個人，全都人仰馬翻，就妳一個人最輕鬆，連手指都不必動一下，只要坐著讓大家服侍就好，妳還有什麼資格苦著臉？」

「就是說嘛。」珮珮一邊梳著我的頭髮，一邊說：「跟死了老公一樣愁眉苦臉。」她這話不說還好，一講出來，小蔓立刻白了一眼，罵道：「如果妳無法克服語言障礙的問題，我個人建議，妳還是乖乖閉嘴就好。」說著，小蔓眉頭一皺，指著掛在我劉海邊，一支大紅色的鯊魚夾，又生氣地說：「吳珮綾，如果妳放這支鯊魚夾的目的是為了做裝飾，那我坦白告訴妳，這肯定會是整體造型的最大敗筆；而倘若妳只是暫時夾在這裡，那我則提醒妳，最後的結婚進行曲響起時，妳最好記得把它給我拆下來。」

我笑得樂不可支，但也忍不住安慰珮珮幾句，天底下誰不知道，小蔓永遠都是口舌最不留情的那種人，雖然尖酸了點，但那些話不用放在心上。

「我也不是第一天認識她，得了吧。」珮珮聳肩。

偶爾伸出手去拿鏡子，照看自己髮型的整治進度，我覺得珮珮已經很努力了，畢竟她也不是專業的婚禮祕書，平常雖然很愛幫大家弄頭髮，但她一來沒受過專業的美髮訓練；二來，平常讓她做造型的，都是搖滾樂團的那些人，現在要吳珮綾放棄那種五顏六色的染料，又要拋棄那些歪七扭八的造型，專心做出個浪漫典雅的新娘頭，還真有點為難她。

「早知道不該接妳這個任務，」珮珮忽然嘆口氣說：「我一直壓抑不了想幫妳掛上骷髏頭裝飾的衝動，怎麼辦？」

「很簡單，妳想想小蔓看到之後會怎樣，然後就知道怎麼辦了。」我聳肩。

「喔。」於是她放棄了這個念頭。

「其實真的很不容易呢。」細心地噴了不少東西在我頭髮上，從鏡子裡可以瞧見，有細緻的亮粉正在燈下反射著奪目的光彩，一邊忙著，珮珮忽然心有所感地說：「看妳之前這樣一波三折，天涯海角繞了好大一圈，最後才終於修成正果，讓人覺得好幸福。」

「但是過程很累人。」我微笑。

「這算不算是苦盡甘來？」

「應該算吧。」我輕輕閉上眼睛，忍不住微笑。

本來我爸媽希望秉持傳統，辦一場中規中矩的台式婚禮，但那實在不適合我們，所以幾經磋商，最後終於讓他們點頭答應，採用西式風格，來一場自助式餐會的婚宴，不過就不需要在教堂舉辦了，我相信幸福是人為的，不是上帝給的。多虧在旅行社上班的小蔓幫忙，找到這個有好風景的民宿，一邊望山，一邊面河，寬廣的草坪剛好搭建小舞台，也足夠容納所有的賓客。我們雖然只租下民宿的一樓，權充雙方家長的休息室，但老闆大方地再提供二樓的大客廳，做為新人梳化之用。

頭髮造型花了比預估還要長的時間才完成，因為二樓沒有管制進出，所以過程中有太多人上樓來打招呼或串門子，有些是我的同事，有些是朋友，或者一些學生時代的老同學，誰上來見到了，總要指指點點一番，提供自己的意見，這反倒讓珮珮變得綁手綁腳，好不容易弄完，我已經憋尿憋了好久，趁著空檔，急忙揣著禮服下襬，趕緊要往廁所衝。

從客廳出來，轉個彎，公用的廁所就在長廊盡頭，我快步跑了過去，途中還必須面帶微笑跟每個擦肩而過的人打招呼，好不容易尿完，走出來洗手時，卻望見走廊那邊的小陽台上，幾個正在聊天的男人背影。

他們所在的小陽台，面對的是民宿後方的起伏山巒，純白色歐式建築的圓柱遮住了一些人的臉龐，但無所謂，我只要看得見他就好。他背對著我，站姿很好看，修長的身材讓白色西裝更加好看有型，不過有點長的頭髮，大概還沒開始梳理，所以顯得有些凌亂。本來正跟他那群難得穿上人類衣服的豬朋狗友們高談闊論，還不時傳來哄笑聲，聊著，不知道講了什麼開心的話題，他舉起左手，朝他朋友的腦袋打了一掌。

那些男人就像一群大孩子一樣地又笑了，笑得好不開心，而我站在走廊遠端的這一邊，跟著也淡淡地笑了。就鬧吧，你們，像天真的孩子那樣，無憂無慮地嘻笑玩耍吧，你呀，這可能是你有生之年，最後一天能這麼無憂無慮地跟朋友們搗蛋了，再過不久，大概就兩個小時左右，你就得收拾起這些孩子氣，儘管你從來都是這麼疼我，但那不同，再過兩個小時，你疼我的方式，就得從愛戀的情侶，變成我的丈夫。我望著他揮手拍打他那些哥兒們時，手腕上一條銀鍊不時反映閃動的光，心裡這麼想著。

距離預定的時間已經所剩不多，我臉上的底妝才剛上完，假睫毛本來是不想貼的，但小蔓很堅持，她說這已經跟天生的真睫毛長短無關，而是一種規矩。我本來打算誓死抵抗，然而她根本沒打算繼續理論，拿著睫毛膠叫我乖乖坐下。

「起碼讓我再吃點東西吧？就算只是坐著不動，也會消耗體力，我真的快要餓死了！」我大聲抗議，趁著她在準備化妝品時，趕緊又奪門而出，從客廳旁的樓梯往下逃，直接走進會場裡。

這種容易吸引群眾目光的丟臉行為，是我向來不會輕易為之的，但人在極度飢餓的情況下，就算再難看也沒辦法了；況且偌大的草坪上擺了那麼多美食佳餚，沒道理新娘子卻什麼都吃不到。儘管我的貿然出現引起了不小騷動，大家紛紛轉過頭來，看看這個新嫁娘有多麼沒氣質，居然一手撩著裙襬，一手抓起可樂餅就往嘴裡塞，但我沒時間理會他們的目光，先把可樂餅叼著，騰出的手則抓過潔白光亮的瓷盤，把一堆薯條、洋蔥圈之類的小點心各掃過來一堆，然後趁著我爸媽趕來罵人之前，急忙又要往二樓逃回去，耳裡還聽到小蔓在樓上的欄杆邊大叫：「葉心亭妳給我差不多一點！再吃，妳的禮服拉鍊就要爆開了！」她一罵完，幾乎全場的人都笑翻了。

我幾乎是冒著生命危險才搶到手的這點食物，再怎樣也不能放棄，急忙要趕回去化妝，卻在樓梯口邊，原本匆忙的腳步忽地停住，從樓梯邊看過去，一樓的屋簷下似乎站著一個熟悉的人，只可惜我沒能仔細確認。但那人的身影很眼熟，尤其是他側身的樣子。那個一頭短髮、垮著一邊肩膀站立的人會是他嗎？我一度懷疑自己是否看錯，因為那個人並不在我寄發的喜宴邀請名單中。

你來了嗎？你為什麼會來呢？是來為我祝福的嗎？我怎麼承受得起你的祝福呢？對小蔓的責備充耳不聞，我手中那盤食物瞬間被她奪走，整個人也被架回了椅子上。茫然中，任由一堆女人的手靠過來，各種化妝品依序在我臉上塗抹，而所有的回憶則開始紛至沓來，逐一飄過眼前，歷歷在目，彷彿一切都像昨天才發生過的事。

「妳幹嘛，靈魂出竅啦？」終於察覺了一點不對勁，小蔓問我。

「小蔓，」抬起頭來，揮揮手，讓旁邊那些幫忙化妝的女人都停下動作，我問：「愛一個人，跟被一個人愛，哪個才是正確的選擇？」

「這種事沒有正確或錯誤的標準答案。」她一愣，隨即臉色一沉，粉撲又碰上了我的臉頰，小蔓說：「當妳為了愛一個人而傷痕累累之後，妳就有了被另一個人疼愛的資格。」

這世上沒有誰的幸福是與生俱來的。

彷彿自亙古沉睡中緩緩甦醒，在濃濁雲翳間乍露曙光。

上天賦予誰這般權力，輕易敲開封閉的心扉，

我只看見光之所在，卻不見碎了遍地的世界曾是單純的唯一。

你引領我走向從所未見的自由之境，
卻忘了在無盡的漂浮中，告訴我邊岸的方向。

01

外頭淅瀝瀝地下著雨，天氣微涼，這種乍暖還寒的初春季節最容易感冒，然而小肆打著上半身赤膊，居然一點也不在意，可是他自己無所謂，我卻難免有點害羞，畢竟這麼近距離地看著一個男人赤裸的半身，總是有點怪。

所以我很小心翼翼地收攝心神，盡量維持在冷靜而審美的角度，看著他自左肩頭盤繞後背，直到右胸前一條精緻燦爛的龍形紋身，那不是意象式的圖案，而是非常漂亮，一片片的鱗片都精雕細琢般，自左肩的龍頭，乃至於右胸前的龍尾，絲毫沒有馬虎，當初應該是非常漫長的工程，慢慢紋出來的；除此之外，小肆的雙手下臂內側，也各有一面張開的白色翅膀紋身，兩手一併，剛好可以湊成展翅的模樣。

「你家人知道你有這一身的刺青，他們不會罵人嗎？」我忍不住好奇地問。

「這問題的本身基本上就是個問題喔，因為我家人根本沒注意過我的樣子。」他笑著說：「就算有，等他們知道的時候，也都是已經刺完的時候，再怎麼罵也無濟於事了不是？」他聳個肩，叼了根香菸在唇上，說那不重要。那不重要，這句話是小肆的口頭禪，所有他不在乎的事，都是這句「那不重要」來打發。

坐在浴室的小板凳上，小肆把頭向後仰，戴著銀色鍊子的左手挾菸，右手則拿起一瓶洗髮精，不過他不是把洗髮精往自己頭上倒，而是遞給了我。

「這是誰家的懶惰小孩，居然連洗頭都要叫別人幫忙？」我笑罵著，但還是伸手接過。先扭開蓮蓬頭的水，把他的頭髮淋濕，然後倒上洗髮精，開始搓洗出泡沫。

「大概是妳家的，才會這麼賴皮。」他得意地說。

「這要真是我家的小孩，大概已經被吊起來打一頓，然後趕出家門了。」我笑著，很仔細地拉直他那一頭長髮，又說：「趕出家門之前，還要拿起剪刀，把這個不剪頭髮的壞小孩給理成平頭！」說著，我手指比出剪刀狀，虛做剪髮的動作。

「那可使不得，我這一頭的頭髮可千千萬萬剪不得，剪了我就不是我了。」

「有長頭髮的叫作小肆，那沒有長頭髮的呢？」

「大概會變成小五、小六或小七。」他淘氣地說：「排行老四已經夠卑微了，別再讓我降級了好嗎？」

「放心，不管有沒有長頭髮，你都一樣是那個賴皮的小肆。」我話還沒說完，這傢伙忽然用力甩頭，泡沫在狹小的浴室裡到處飛濺，沾得我滿身都是。

「不要玩呀，我在幫你洗頭耶！」我急著叫，但我愈是驚慌，他卻愈是高興，最後索性連頭也不乖乖洗了，把香菸直接扔進馬桶裡，居然站起身來，也不管滿頭的白色洗髮精泡泡，雙手比在兩邊腦袋上，說現在要玩白色綿羊衝撞遊戲，然後朝我身上擠過來，那瞬間我嚇得拉開浴室的門把就往外逃，而這個賴皮鬼也不管泡泡會弄髒房間，跟著也跑出來，一路追著我到處亂竄。

不只浴室很狹窄，這個小套房的空間也極其有限，一張床跟一組衣櫃已經佔去了大半地方，角落那邊擱著樂器，我又不敢跑過去，生怕碰壞了東西可不妙，結果被他逼到牆角邊，小肆發出模仿綿羊的怪叫聲，然後衝了過來，一把將我攫起，拉到他那張矮床上。

「你知道現在是什麼情形嗎？」我故意板起臉來瞪他，「現在不只你的頭還沒洗完，連床單、被單，還有我身上的衣服也全都淪陷了，說說看，你要怎麼賠償我？」

「那不重要，我幫妳換掉就好，沒關係！」大笑著，小肆輕易瓦解我偽裝的嚴肅，他一把扯開我的襯衫，開始吻了起來。

我不是沒有談過戀愛，但這卻是生平僅有的一次，我愛上一個年紀跟我一樣大，然而個性卻像個孩子一樣的男人。我緊緊抱著他，任由他用力吸吮我髮絲的氣息，也任由他一邊跟我親熱，但又不斷搔我癢的搗蛋行為，又笑又鬧的，直到他頭髮上的泡泡水完全弄髒了床。

「你會不會每拍一支ＭＶ，就誘拐一個無知少女？」鬧夠了之後，我喘著氣問他。

「首先，我們樂團拍過四首歌的ＭＶ，但我也才當過那麼一次主角。而且，這位阿姨，妳算哪門子的少女？」他忍不住笑，我卻生氣地伸出手來，很用力地擰了他一把。

這件事要從頭說起，或許第一個要怪的人就是小蔓，但說是要怪她，似乎又不太對，這一切的始作俑者，其實應該是我自己才對。

那天原本可以很準時下班，沒想到就在我收拾了東西，即將走出公司時，桌上的電話突然響起，本來只是幾張出貨訂單有點問題，大可讓同事們幫忙處理就好，然而公司最近剛拓展了大陸幾個城市的業務，老闆戰戰兢兢，連帶地讓我們也不敢輕忽大意，電話一講，不知不覺就拖延到後面的約會，當我匆匆忙忙趕到信義區的電影院時，都已經開演快二十分鐘了。

「葉心亭，妳真的愈來愈有種了，居然連老娘的生日聚會都敢遲到，還連累一夥人全都看不成電影，妳說這該當何罪？」小蔓滿臉殺氣，她一邊咀嚼無福帶進影廳享受的爆米花，一邊聽完我的道歉跟解釋後，又瞪著我說：「妳的兩張訂單跟老娘的大壽，到底哪一個重要？」

我哭笑不得，但也沒辦法了，只好兩手一攤，任由這群女人對我要殺要剮都悉聽尊便。大家認識好多年了，從大學到現在，一直都是要好的交情，雖然不至於為了幾張電影票鬧出人命，但我非常了解小蔓，她肯定會趁機宰我一頓。

「這樣吧，請我們去唱歌？」小蔓說。我點頭，但提醒她，沒有事先預訂，只怕沒有包廂。

「弄個牛排來吃吃？」她又問，我也點頭，不過同樣提醒，現在是晚上七點整，這時間不用預定就有位置的牛排館，肯定好吃不到哪裡去。

「弄兩份麥當勞漢堡來彌補一下的誠意，這妳總該有一點了吧？」她的怒氣已經瀕臨爆發點。我說麥當勞當然不成問題，但壽誕大宴只吃速食會不會寒酸了點？一聽這話似乎有理，小蔓強忍著脾氣，她深呼吸了幾下，再抬手看看錶，最後她說了一個去處。

打從大學時代，小蔓就喜歡追著一些名不見經傳的地下樂團跑，有別於一般人，她喜愛的音樂種類實在太怪了，那些完全聽不懂歌詞，在台上化著死人或殭屍的噁心裝扮，拚了命地嘶吼的音樂是她的最愛，再不然就是重金屬搖滾，力竭聲嘶地吶喊的那種，每個樂手都留著長頭髮，老是把鐵鍊之類的東西纏在身上，會唱歌唱到跪倒或躺在舞台上。

我實在搞不懂，不過就是唱歌嘛，需要這麼賣命嗎？難道不那樣做，就沒辦法表達出音樂的理念嗎？小蔓說這個不是外行人三兩天就能搞懂的事情，可是都過那麼多年了，我也依然沒有明白半點什麼。一聽說要去聽歌，站在旁邊的珮珮立刻附議，她跟小蔓一樣都喜歡那種調調，甚至自己也常做那樣的打扮，搞得跟角色扮演一樣，而且還自動自發，跑去幫幾個樂團做造型，也不知道會做成什麼鬼樣子，而我更納悶的是，那些願意讓她做造型的樂團，到底哪裡來的勇氣？

先在麥當勞吃晚餐，小蔓撥了幾通電話，確認過今晚的表演場次後，大約晚上八點多，一群女人轉移陣地，我們來到公館附近的巷弄間。

「今天聽完之後，回去大概又要耳鳴好幾天了。」一向最沒主見，老是讓大家牽著鼻子走的若萍搖頭嘆氣。我們這群人當中，如果要算誰是老大，小蔓當之無愧，而若論小跟班，則非若萍莫屬。

「壽星最大，沒辦法。」我也攤手，認命地走到店家櫃台，乖乖地買了四張入場票。

「原來我們樂團已經這麼紅了，居然有人提早兩個小時來排隊買票耶。」說話的是一個披頭散髮的男人，嘴上留著一撮小鬍子，他開玩笑地說著。

「所以你們待會最好認真一點表演，不要讓我失望，更別毀了我的生日派對。」小蔓也笑著。我猜他們應該原本就很熟絡了吧，只見那個小鬍子男人哈哈大笑，舉起酒瓶，對小蔓說了一句「生日快樂」。

其實我連他們的團名都沒聽過，但光從這些傢伙不修邊幅的外貌看來，想必也是那種吵死人不償命的樂風。表演還沒開始，店外沒有多少人，現場呈現出工作人員比觀眾還多的場面。多虧了小蔓跟那個主唱熟識，才能在演出之前，讓我們走進後台。

以前我老以為所謂的後台，指的應該是堆放表演道具，或者散置樂器的地方，肯定又窄又臭，但沒想到這家表演場的後台居然擺著兩大張沙發，儼然就是個舒適的休憩空間，美中不足的，是樂團那幾個人手上都拿著香菸，我被熏得很不舒服。

小蔓跟珮珮很快便融入他們的聊天話題，談音樂，談時事，當然更談音樂與時事的結合，那些人骨子裡似乎都懷抱著衝撞體制的靈魂，對這個社會充滿了批判，一邊聊著，我居然忍不住打起呵欠，急忙起身，想去上個廁所也好，起碼能讓自己精神點。

「妳好像很不習慣這種環境？剛剛看妳都不講話。」剛從廁所出來，我勉強提振一點精神，掀開簾子，一轉身，猛然一個黑色的身影在眼前一晃，在很近的距離又彈開，讓我差點以為見鬼尖叫，但有幾根長髮髮絲已經掠過了我的臉頰，我急忙一縮，撞上了廁所的門，還唉了兩聲。

「哇靠，妳演相聲嗎，這麼誇張是怎樣？」他本來想跟我攀談，但反被我也嚇了一跳，卻又被我逗笑，露出好看的白牙，一點頭，說：「鎮定點，漂亮的女人不可以跟罵街阿婆一樣鬼吼鬼叫，尤其看到這麼帥的樂團團員時，更應該保持冷靜，好嗎？」我錯愕在那當下，還沒意會那句漂亮的女人是不是在指我，長頭髮的男人朝我伸手，說：「再次鄭重介紹，我叫小肆，妳呢？」

我的冷靜是一道自以為堅固的城牆，卻崩散於一根你掠過的髮絲。

02

我後來才搞懂，一群人聊天時常常提到的「回聲」，其實就是這家店的名稱。前兩年還在念書時，不管小蔓怎麼約，我總是不願跟著一起到這類的 Live House 聽音樂，印象中，這樣的地方平常總是漆黑一片，而舞台的燈光一開，卻又刺眼難耐，音響肯定也震耳欲聾，而且人擠人，非常混亂，要不是為了那兩張耽誤下班時間的訂單，我可能一輩子都不會打破自己的這個原則。但也正因為這樣，所以當上次為了小蔓，在這裡被轟炸過一輪後，我第二次再來到這地方時，自己都覺得不可思議。

「回聲」其實是一家有趣的店，除了地下室開闢成表演空間外，一樓是以咖啡店的型態在經營，這兒是個複合式的表演空間，不但可以有音樂演出，一樓牆上、柱子上，到處都貼滿了攝影照片，而主題則定期更換，都是不同攝影師的作品展出。

距離上次來到「回聲」，已經過了好幾天，再次到來，為的是上回跟小蔓她們一起離開時，我在櫃台邊看到的一張廣告，一場隔週要舉辦的，以「人」為主題的攝影展。儘管攝影師是個沒聽過的陌生名字，但我大學時就對攝影頗有興趣，還加入過社團，也買過單眼相機，著實認真了好一陣子，以前社團老師曾說過，靜物或風景看似有意境，但其實最好拍，反而是隨時呈現不同動態的人物，那才是最難的挑戰。

在店裡點了一杯焦糖瑪奇朵，擱在桌上，一口也沒喝，我很認真地立刻看起牆上的照片。第一張拍的是一個爬在地上的小嬰兒，看起來像是只有幾個月大，圓嘟嘟的臉蛋，還有一絲口水掛在嘴邊，可愛至極。攝影師用很低的角度，精準拍到小娃兒天真的眼神正仰望前方，彷彿對生命充滿了好奇。我在那張照片前面駐足許久，然後才移動腳步，繼續看下一張。

第二張照片只是背影，那看來應該是個駝背又矮小的老婦人，她穿著紫紅色碎花上衣跟一條老舊的褲子，正要走進菜市場。那背影給人一種強烈的孤獨感，又彷彿在控訴著年輕世代對長輩的遺忘，才讓老人家孤零零的，在老邁年高時，還要挽著菜籃子出門，而且這張照片的色調經過很明顯的處理，將主角之外的其他顏色全都淡化，更凸顯出老婦人存在於畫面中的聚焦效果。

前兩張都給了我很強烈的生命撼動感，我看著看著，若有所思，出神了好久，而再往下一張看去時，卻從剛剛的感動瞬間變成了錯愕，甚至還笑了出來，更忍不住湊近一點，想把照片看得更清楚些。那是一張搖滾樂團表演的畫面，不過拍的只是吉他手，他沒有很狂放的動作或猙獰表情，只是任由長髮垂散，微低著頭在演奏，一臉非常陶醉於音樂的感覺，照片看來沒有太多修飾，倒是舞台上的光影與煙霧效果，讓整體畫面透著一股瑰麗而唯美的氛圍。而這些都不是重點，重點是，這個吉他手，我前幾天才在這家店的廁所門口差點跟他撞滿懷。

「這張照片有哪裡不對嗎？」有個低沉的男人聲音從旁邊傳來，讓我嚇了一跳。他穿著白色上衣，一頭俐落短髮，跟下頷微微的鬍碴，濃眉大眼，卻透著納悶的眼神，好奇地問我：「不好意思，打擾了妳，我只是不明白，為什麼前兩張照片，妳都看得很專心，可是這一張……」他指著小肆在舞台上的照片說：「這張是不是哪裡有問題？」

那當下我真是尷尬到不行，只好趕緊搖頭說：「不，照片拍得很好，這純粹是我自己的問題。」

我這麼一說，那個男人愈發疑惑，連眉頭都皺了起來，於是我只好告訴他，這些照片裡的人物都給我一種很溫暖的生命感受，但唯有舞台上的樂手這張，因為認識當事人的緣故，所以才會有不同的感覺。男人露出恍然大悟的表情，他也笑了，又問我是不是這家店的常客，否則怎麼會認識小肆。

「這個嘛……」又是一陣尷尬，我躊躇了一下，只好老實承認，其實今天是我第二次踏進這家店，至於這個樂團的表演，也就僅僅看過那麼一次。「但我覺得他的吉他彈得很不錯，很好聽。」我一臉認真地說。

「小姐，他是貝斯手，不是吉他手。」白衣男的臉都垮了下來，指指照片中，小肆手上的樂器，很無奈地糾正我：「吉他有六條弦，而一般來說，貝斯只有四條弦，好嗎？」

如果我腳底下踩的不是磁磚地板，也許一個大洞已經瞬間挖開，我也老早鑽進去躲起來了。真是丟臉丟到家，我很懷疑自己以後還敢不敢再踏進這家店。白衣男倒也沒有嘲笑的意味，只是他看我的眼光有點怪，那種感覺讓人有些不舒服，我彷彿覺得，他是不是在想，這種連吉他跟貝斯都分不出來的蠢女人，簡直就是個沒見過世面的傻瓜，肯定只會憑著樂手長相帥不帥的條件來追逐，根本不懂音樂。

我承認自己確實對五線譜一竅不通，也沒看過幾次音樂表演，甚至連吉他是不是真的只有六條弦都不知道，然而我卻很不喜歡被人家這樣誤會，但我能解釋什麼呢？他只是用一種讓人不太舒服的眼光看過來，卻也沒說那眼光裡藏著的是什麼意思。

我想給自己找個地方躲一躲，好避開那個人的目光，然而這家店的一樓也不過就幾坪大，根本無處可逃，所以我只好回到座位邊，隨便抓起書報架上的一本書，喝起自己的咖啡。本以為只要待上幾分鐘，那個白衣男就會走開，我也可以繼續欣賞攝影作品，不料他居然拉過一張高腳椅，坐在吧台邊，跟正在煮咖啡的店家老闆又聊了起來。

萬不得已，我只好在椅子上又多待了片刻，但那咖啡說真的不是多麼好喝，小說也不怎麼好看，最後迫於無奈，我只好闔上書，又起身看看照片，慶幸的是，這回沒受到打擾，我很用心欣賞作品，一路看到牆邊的最後一張，這裡距離吧台已經有點遠，我認真盯著照片看，最後一張作品是特寫照，一個頭上滿是晶瑩剔透汗珠的工人，臉頰邊沾了土，原本亮黃色的工地安全帽也染上了灰，他正低頭做事，眼神專注，照片下方的標題是「這世上沒有渺小」。標題對應作品內容，給人一種充滿啟發的感覺。

「都看完啦？」我看得心滿意足，剛站直身，正想呼口大氣，白衣男的聲音再次嚇我一跳，這回他站在離我兩步遠的地方，雙手負於後腰，一臉笑吟吟。

「你都習慣這種嚇人的說話方式嗎？」我簡直不敢相信，怎麼會有這種跟幽靈一樣，老是冒出來讓人吃驚的招呼法。

「那是因為妳很認真在看照片，才沒注意到我走過來呀。」他一副理所當然的樣子。

「所以是我的不對囉？」我有點不高興了。

「不，應該是我的不對。」他連笑容都帶點輕蔑，點頭道歉的模樣一點也不誠懇。那當下我決定不再跟他囉嗦，如果這個人是店員，那他可真具備了讓客人不願再來光顧的專長。懶得搭話，我決定回到座位上，把那杯昂貴的咖啡喝完之後就立刻走人。

「這裡一共展出了二十張攝影作品，可不可以請教妳，妳對哪一張比較有共鳴？」然而白衣男似乎沒有想要放過我的意思，才剛擦肩，他又開口。

「這問題很重要嗎？」我口氣冷淡。

「對一個攝影師而言，是非常重要的。」他此時的口氣認真，渾不像剛剛的隨興輕挑，卻反而讓我錯愕。

「這些照片是你拍的？」

「剛剛忘了自我介紹，不過我的名字其實在每一張照片底下都有寫，我叫江涵予。」他比起右手手指，做出按按快門的動作，說：「是個業餘的攝影師。」

「你平常都會像現在這樣，去問每個看你作品的觀眾，想知道他們的心得嗎？」

「這個我不知道。」他哈哈一笑，說：「因為這是我第一次辦攝影展，而妳是這次攝影展當中，唯一一個全部的照片，從頭到尾認真看完的觀眾。」

最初與最終，都是無意間的偶然，卻不知不覺的，又走到了必然。

03

在踏出電梯門口前，我已經把門禁卡拿在手上，在玻璃門前的感應裝置上輕輕一觸，「嗶」的一響，一天的工作就正式開始。

「妳今天看起來心情很好，去相親啦？」坐在隔壁的楊姊打趣地問，而我笑著搖頭，說這怎麼可能。

「她要是能把自己嫁出去，我們大家就算了卻一樁心願了。」從辦公室走出來的徐經理手上還拿著茶杯，笑著跟上話題，「把這當成我們業務部的年度目標吧，好嗎？」

在一群人的哄堂大笑聲中，我只能苦笑搖頭。兩年了，打從第一天應徵到這份工作，在這張椅子坐下之後，幾乎每隔幾個月，楊姊總要問我想不想結婚、想不想相親。她天生有當媒人的本領，聽說公司裡好多人都靠著她幫忙才結成了婚。起初我有些不相信，但後來慢慢可以理解。這是一家鞋業公司，我們雖然名為業務，接觸的合作對象天南地北都有，然而會走動的工作區域卻都侷限在辦公室裡，所有業務往來都只是一張又一張的電子訂單，前幾年工廠生產線移到東南亞，銷售的範圍則涵蓋亞洲幾個國家，而龐大的業務往來就仰賴我們這幾個坐在電腦前面不斷打單、接電話的女人，除非假日的時候自己多努力點，否則誰也沒機會在職場中遇見合適的對象。

「這張單子有點問題，妳要不要再確認一下？出貨日期押錯了，應該是下個月的二十號才對。」指指螢幕，我對楊姊說。雖然加入公司比她晚，但論學歷或工作效率，卻都遠在她跟幾位同事之上，進公司一年多後，我已經開始負責審核訂單的工作，儘管職位名稱不變，薪水也才多加一千元，卻已經有了小主管的地位。

「沒問題。」楊姊點點頭，又對我說：「對了，小亭呀，我姪子去年剛從美國回來，一表人才唷！別人我不敢講，但這個肯定血統純正，而且身家清白，還是博士喔！」

「大姊，我今年才二十五歲好嗎？」我給了一個逗趣的白眼。

「我二十五歲的時候已經是兩個孩子的媽了。」

「那已經是二十年前的事了。」我拍拍她肩膀。

午餐時間，通常我習慣吃自己帶來的便當，直接在公司微波加熱，吃完就可以趕緊睡覺，餐點內容往往是前一天晚上買好的滷味或各種小吃，既簡單又方便。但今天稍稍有些不同，中午休息時間一到，我快步走出公司，珮珮就在樓下，她難得外出洽公，當然要趁機偷懶摸魚，所以我們相偕到附近的漢堡店。

「我一定要去偷那張照片。」聽我說完前一天在「回聲」看到小肆的照片，珮珮握起拳頭說：「就算它今天不開門，我也要闖進去，把它幹出來。」

「拜託妳說話文雅點。」我哭笑不得。

吃著漢堡，珮珮想了想，忽然又用疑惑的表情看過來，她說很難想像我是那種會自己一個人跑去 Live House 的人，但我則告訴她，我去「回聲」為的可不是音樂，而是一張攝影展的傳單。

說著，我又想起，昨天要離開前，江涵予給我一張名片，原來他不只是個業餘攝影師而已，這個人的真實身分其實是電腦補習班講師，平常教課的地點遍及整個北部地區，而內容五花八門，但大多以圖像或文書軟體的使用為主，甚至也包括網頁製作。我很懷疑他留下那張名片的用意，上頭雖然寫著他的部落格網址，但與其說是推薦我到他的網路空間去欣賞攝影作品，倒不如說是一種暗示，如果哪天我想學電腦，他很樂意收下我繳交的補習費。就在我出神時，珮珮不曉得已經說到了哪裡，還一股勁地問我要不要。

「要什麼？」我愣了一下。

「到底有沒有在聽我講話呀！」她差點拿薯條丟過來，氣呼呼地叫我趕快讓元神歸位，然後才說這週四晚上有個案子，問我要不要一起去，不幫忙也沒關係，湊湊熱鬧都無所謂。但我依然沒有搞懂她的意思，只好傻乎乎又問一次，到底是什麼案子。

「我的天哪……」她疾首蹙額，搖頭無奈，說：「這個星期四，晚上八點，我要去幫忙做造型，妳來不來？」她用頗懷深意的眼光看過來，又說：「是『黑色童話』喔。」

「『黑色童話』？那是什麼？」我滿臉疑惑。

「葉心亭，我從現在開始要很認真地懷疑，妳到底是不是隨時都把靈魂裝在身體裡面了。」珮珮瞪眼，她說前幾天在「回聲」，我們還跟「黑色童話」的一群人一起喝酒聊天，也看了一晚上的演出，怎麼我轉眼間就忘得精光。那瞬間我才恍然大悟，「黑色童話」原來就是小肆他們樂團的團名。珮珮說這個樂團成軍已經好幾年，有不少支持他們創作的歌迷，最近樂團剛完成專輯錄製，還要拍攝音樂ＭＶ，需要一些造型或服裝方面的支援，但因為向來走的是獨立製作路線的地下樂團，沒有唱片公司的經費支持，所以只好一切克難，所有需要的東西都得靠親朋好友或歌迷們共襄盛舉，而她就是在髮型設計的人才徵求中雀屏中選的。

「他們真的很有勇氣。」珮珮的斤兩如何，我瞭如指掌，所以我嘆氣，也所以她就真的把薯條扔過來了。

「怎麼樣，到底去不去？」

「還是算了吧，我又不是很認識他們，再說，去了要幹嘛？妳在那邊忙，我難道要當打雜小妹嗎？」我搖頭，說自己連去那種場合要穿什麼都不知道，甚至也跟那些人完全沒有交集。

「妳高興的話也可以穿著這套衣服去呀！」指著我身上的粉紅色套裝制服，她沒好氣地說：「拜託妳，偶爾走出來跟這個世界對話一下吧，整天把自己關起來，妳不嫌累？」

「出去面對這個亂七八糟的世界不更累嗎？」我反問。

「至少妳可以多點機會。」說著，她模仿小蔓最擅長的動作，白了我一眼。

我當然知道珮珮所謂的機會指的是什麼。然而我更懷疑，真的走出門去，就能給自己增加什麼認識異性的機會嗎？況且，我真的不太能想像自己將來交往的對象，會是那種一頭長髮，滿身刺青，還穿著畫滿骷髏頭的衣服，纏著幾條鐵鍊在舞台上起乩般表演的搖滾樂手。

「記得，星期四晚上八點要到現場，所以我七點二十會在這裡等妳。」午餐結束，返回公司樓下，臨別前，珮珮用力抓著我的肩膀，說：「妳龜縮在自己的房間裡面，幸福也不會從窗戶外面飛進來。那種縮頭縮尾的日子，妳已經過了太多年，拜託趕快換個腦袋吧，好嗎？」

哭笑不得，等她離去，我這才搭電梯上樓。走出門去，這當然不是一件很困難的事，我承認自己一方面只是懶，懶得出去認識陌生人，另一方面則是容易在愛情裡膽怯，就算有欣賞或喜歡的對象，也怕人家拒絕，所以寧可遠遠地看著對方，也不願表達自己的想法，結果大學四年下來，我喜歡過的兩個男生分別都交了女朋友。套句從頭到尾都看在眼裡的小蔓說的，那些男的最後勾在手上，或者攬在懷裡的，全是些牛頭馬面或金角、銀角大王之流，而我居然放棄了只需要晃晃腳趾頭般的力氣，本該輕易得到的愛情。但那又怎樣呢？我苦笑。一進公司，午睡時間已經結束，楊姊又傳了兩張訂單給我，同時也問我要不要再考慮一下她姪子。

「第二跟第三項的貨號打錯了，我們公司沒賣這種編號的鞋子吧？」微笑著，我把單子退回去，順便說了一句：「不用擔心，我就算整天關在家裡，幸福還是會從窗戶外面飛進來。」看著目瞪口呆的楊姊，我笑說：「只要那是屬於我的幸福的話。」

幸福會從窗外憑空飛進來，只要那是我的，只要我記得打開窗。

公司沒有另外設立更衣室，大家都一早穿著制服出門上班，下班後若另外有事，也會在離開公司前才換上便服。但問題來了，如果換上的只是普通的上衣或牛仔褲，當然不會引來側目，但如果不是呢？有些年紀跟我相仿的員工，她們每天都習慣帶衣服來換，光看她們換的衣服是什麼樣子，大概就能臆測到這些人下班後都去了什麼地方、跟怎樣的人碰面，那些永遠都是制服來、制服去的婆婆媽媽們，就從這個小地方看出端倪，她們雖然沒有惡意，然而總不免要調侃幾句，問年輕女孩們是不是要約會、是不是要去哪裡玩。

我苦惱許久，都不用想到明天會有多少人問我什麼怪問題，光是要應付楊姊就夠讓人頭痛了。站在衣櫃前，躊躇許久，始終拿不定主意。這層舊公寓隔成兩個出租房間，地方算大，但已經到處堆滿被我打了回票的衣服，要嘛太過正式，要嘛與年紀似乎不相符，再不就是太正常了點，我怕穿上自己最喜歡的那幾件米白色雪紡洋裝，會跟現場一堆重金屬搖滾裝扮的人格格不入。太正常的衣服反而穿不出門，這是什麼道理？我嘆息。

最後我放棄了，愈多的思量只會造成愈多的困擾，第二天下班，我在廁所裡換上的只是一套全身黑的褲裝打扮，外面罩上一件薄外套。一下樓，珮珮已經等在那裡，我們連晚餐都得在計程車上解決，而我一聽到車子要前往的地方，居然是好遠的汐止山區時，忍不住又一愣。

「妳覺得他們那種樂團的ＭＶ能在車水馬龍的大街邊拍攝嗎？別傻了。」珮珮是這麼說的。

「黑色童話」這樂團名字本身就有點弔詭，而曲風也一如他們對社會的批判反動，是完全的小眾音樂。雖然我覺得就算再小眾，總也不能遺世獨立，然而一到拍攝現場，就覺得這種ＭＶ別說是免費放在網路上讓大家點閱了，只怕花錢找人看，大家都還會考慮再三，甚至搖頭拒絕。

一幢老舊廢棄的別墅，早些年應該呈現高貴典雅的格調，現在卻任由藤蔓爬滿了牆，雜草處處叢生，所有的欄杆或鐵製棚架全都佈滿鏽蝕，無處不是詭異荒涼的氛圍，再加上工作人員刻意燃起的火堆，以及為了效果而撒下的滿天冥紙，更讓人覺得毛骨悚然。

我坐在距離攝影機位置有點遠的地方，這裡堆放了不少拍片工具，也擺了好幾張小椅子，我一直探頭探腦，看看正在鏡頭前裝神弄鬼演出的樂團成員們，一邊吃著還沒吃完的飯糰。幸好整段影片都不需要現場收音，所以儘管燈光、煙霧跟主角非常到位地配合著，但鏡頭帶不到的地方卻還是人來人往，各種細瑣的聲音雜沓。

「妳怎麼在這裡？」會用這種放冷箭般的方式登場，非得讓人嚇一跳不可的，我知道的就只有一個人，而他依舊穿著白色上衣，但今天特別戴著一副黑色膠框大眼鏡，脖子上還掛著鏡頭誇張粗大的相機。江涵予訝異地問：「妳是工作人員嗎？」

「我只是跟著鄉民進來看熱鬧的。」冷不防受到驚嚇，我很難好聲好氣跟他說話。

「這麼好，令人羨慕。」他也不以為意，哈哈一笑，拿著相機又往攝影機那個方向過去，開始拍照，再也沒過來跟我搭腔，倒是我低頭吃飯，才不到兩分鐘，這次換成小肆嚇了我一跳，他比江涵予更誇張，無聲無息地踅到我背後，雙手用力拍了我兩邊肩膀，讓我失聲尖叫，同時也打斷了演員們的工作，現場立刻傳來那個小鬍子團員的怒斥，不過他罵的是小肆：「媽的小肆你再妨礙大家工作的話就試試看！」

我白了他一眼，但小肆絲毫不介意，還大方地跟攝影機那邊已經發起脾氣的幾個人揮揮手後才坐下來，與我一起看著拍攝過程。原來此時在鏡頭前粉墨登場的，已經換成了其他演員，樂團成員則全都在一旁休息或監看演出。

「欸，」只是我才看不過片刻，小肆忽然伸出手指戳戳我的手臂，「妳怎麼會來這裡？」

「怎麼每個人都要問一樣的問題？」我苦笑。

「那不然我換個問題好了，妳認識阿江呀？」

「誰？」我一愣，但看小肆勾勾食指，像在按快門一樣，隨即明白他說的是江涵予。

「前幾天去『回聲』看攝影展遇到，應該不算認識，只是一面之緣。」我說。

「喔，那妳要小心喔。」小肆故意壓低聲音，用不懷好意的口吻說：「他搞不好哪天缺個模特兒，就叫妳脫光了給他拍。」

「江涵予是這麼下流的人嗎？」我咋舌。

「是我我就會。」小肆煞有其事地點頭說：「有那麼好的攝影才華，但是拍出來的照片，每個女人身上都穿著衣服，這像什麼樣子？簡直是糟蹋天賦不是？所以，如果我是他，我就會立下一個志向，這輩子至少要拍兩百個女人的裸體照，很藝術的那種。」

然後我就不想理他了，這傢伙根本是自己思想下流，居然扯到別人身上去。轉過頭，那邊冥紙撒得半天高，我看到剛剛罵過小肆的那個小鬍子主唱，他臉上化著死人般慘白的妝容，拖著腳步在鏡頭前移動走位，白煙一噴，氣氛迷離至極，可惜的是有幾個工作人員來來去去，我的視線很快就被擋住。就在我探頭探腦想看得更清楚時，小肆又有話了，他再一次戳戳我的手臂。

「你這回又有什麼高見要發表嗎？」雖然不是很熟，按理說我應該保持禮貌，但就因為不熟，而他自從坐下後，眼睛老是滴溜溜地在我身上打量個沒完，還幾次三番這麼沒禮貌地打擾我，所以我非常不客氣地瞪人。

「我只是很好奇，想問妳一個問題。」

「什麼問題？」

「其實妳是一個很封閉的人，對不對？」

「啊？」我睜大了嘴，臉上滿是疑惑。小肆忽然湊近些，他的手指在我額頭、臉頰、鼻尖、嘴邊、下巴，乃至於耳朵，到處指來指去，說：「這裡、這裡、這裡跟這裡，到處都寫著『此路不通』四個字。妳渾身上下好像籠罩著一層膜，把整個人團團包圍起來。」

「你會看相啊？」我沒好氣地說。

「不但會看相，我還會讀心術，」小肆點點頭：「我看到一個掙扎的靈魂，關在一個自己築起來的圍牆裡頭，很想吶喊跟敲打，很想衝撞出去，但同時又自己拿著磚塊，不斷加高那堵牆，一邊偷偷伸出手指在摳牆角，一邊又叫自己要乖乖坐好，不可以反抗。妳是一個這樣的人，對不對？」

「神經病。」我覺得他簡直就是腦袋不正常，才第二次見面，連朋友都算不上，他到底基於什麼理由，覺得自己有資格評論別人的內心世界？正想起身走開，換個地方坐下，然而小肆卻笑著說：「別急著走，如果我說錯了，妳當然可以反駁。」

「我認識你不到半個月，包括這次在內，也才見過你兩次，而且我們說過的話可能不超過十句，請問你憑什麼來判斷我到底是怎樣的人？」我一臉認真嚴肅地問。

「直覺。」他聳個肩，說得輕描淡寫，「不過那不重要，重要的是妳應該告訴我，我說的對或不對。」

「對了又怎樣，不對又怎樣？」

「不對的話就再好不過，妳可以繼續做自己，但如果很倒楣地被我說中了，那我會考慮借妳一把大鐵鎚，趕緊把牆給敲了，好讓自己獲得釋放。」小肆說：「渴望自由又害怕自由的人是最悲哀的一種人。」

「變成你這副模樣就能讓人比較開心嗎？」我毫不客氣，指著他好長的頭髮，再指指他身上那一堆刺青、戒指跟項鍊，還有畫著骷髏圖案的衣服。

「起碼我有話就說，敢想就敢做，」他笑著指指我始終牢牢抓在手上的包包，說：「不像妳，妳很想站起身來，往前一點去看看他們在拍什麼，可是妳一直挪動身體、探頭探腦，但屁股根本不敢抬一下，只好跟長頸鹿吃樹葉一樣，把脖子拉得很長；還有那個包包，我敢肯定裡面裝著不到一萬塊錢現金，可是妳卻死抓著不放，那不是因為妳怕包包被偷，而是妳手上如果沒抓著包包，妳就不曉得能把手放在哪裡。」

「我……」我啞口無言。

小肆站起身來，一臉淘氣的樣子，還興味盎然地看著我，他忽然又伸出手指，這次不是虛比幾下，而是輕輕戳到我的臉頰，他笑著說：「放心，這牆不是很牢，在我看來那跟蛋殼也差不多而已，妳看，一戳就破了。」

我倒吸一口涼氣，很想隨便抓個路人過來問問，這算不算性騷擾？這應該已經是犯罪了吧？戳我的手臂也就算了，現在居然直接碰到了我的臉頰？我瞪大眼睛，也張大嘴巴，一時間不知道該如何反應才好，但小肆根本沒把我的瞠目結舌給看在眼裡，他哈哈大笑，看著遠遠處有工作人員提著一大袋點心過來，雀躍地就往那邊跑去，徒留下瞬間已經被石化的我。

乏味的人生是一種桎梏，愛情是更無從脫身的囚籠。

05

我在畢業後不久找到的第一份職業是在賣衣服、飾品的小店裡上班，但只待了兩個月就離職，因為那時又應徵上現在這個工作。賣賣衣服很簡單，薪水其實也不差，但剛出社會，除了薪資是基本要求外，我更在乎的是長遠性，也相信一家鞋業貿易公司能帶來的未來保障，肯定高於一家服飾店。

到職迄今的工作內容始終都很固定，即使公司陸續擴充新的事業版圖，那對我而言，也不過是增加了訂單量而已，該做的事情幾乎全都一樣，沒有變化性，就算被提拔為小主管，我的業務範圍仍沒脫離這一塊。我二十幾歲，未婚，自己一個人住在台北，一個小房間從大學二年級開始，一直住到現在，不搬家，是因為懶得搬，而且也搬不動；不結婚，是因為還不知道要嫁給誰。但只因為這樣，我就變成了一個住在蛋殼裡的女人嗎？半夢半醒一整夜，我只要一醒來，床笫輾轉間便思索起小肆說的話，然而卻想不到答案。

「妳今天氣色很差耶，昨晚沒睡好？」隔天上班，我的黑眼圈非常明顯，即使化了淡妝也遮掩不住。楊姊問我要不要一起去健身房報名，她說女人一旦過了二十五歲，就應該勤加保養跟鍛鍊，否則身材一走樣，可再沒挽回的機會，跟著她又聊起自己前幾天去健身房嘗試一下後的經驗，直說那些五花八門的器材真有趣，不同的東西用來針對不同的身體部位做鍛鍊，她才稍微體驗過幾項，就已經累得跟條老狗一樣，氣喘吁吁，不過感覺很有趣，所以像我這樣的年輕人更應該去體驗看看。

「算了吧。」我皺眉。

為什麼不去？楊姊這樣問，但我說自己平常下班後習慣從事靜態活動，遇到假日又經常有一堆朋友邀約，就算買了健身房的時數，只怕也不會乖乖去運動，所以不想浪費錢。說是這麼說，婉拒了楊姊的好意，然而一整個早上，認真工作之餘，我卻也一邊在想，真的是這樣嗎？我想起小肆那天描述的，在拍片現場，我要動又不敢動的那些樣子，心想，或許這才是我不敢去健身房的原因？我對體育、健身一竅不通，唯一擅長的只有最簡單的慢跑，而好幾年來，從沒變過的慢跑場地，就是我住處附近的小學操場，那裡沒人會注意到我，沒人管我跑步姿勢對不對，只要邁開腳步就好。萬一真的去了健身房，我只能跟一個鄉巴佬似地愣在那兒，什麼都不敢玩、什麼都不敢碰，那豈不是丟臉得很？

想到這裡，我忽然下意識地將視線移到旁邊的小桌曆上，這個星期六，小方格被我用紅筆畫了個圈，表示當天有約。在汐止山區的拍片現場，大家收工後，我跟從頭忙到尾、差點累翻的珮珮要離開前，小肆忽然又跑過來，他遞給我一杯冰塊還沒融化的桔茶，又說這週末的下午還有另一首歌的ＭＶ要拍，而且是以他為主角，叫我千萬記得要來，說著，他還特別強調，地點不會又在深山，而是在市區而已。

「你就那麼肯定我會……」我雖然接過飲料，但臉色依然沒多好看，一句話還沒說完，小肆露出天真爛漫的笑容，又一次伸手戳了我的臉頰，說：「妳會的。」

「會什麼？」珮珮納悶地插嘴問。

「拿起鐵鎚，打破蛋殼！」小肆吶喊一聲，還舉手握拳做一個敲擊的動作，然後跑回去幫忙收拾器材。只留下我搖頭嘆氣，對滿臉疑惑的珮珮說：「他星期六想請我客串一個角色，要我拿鐵鎚打破他的頭，這樣妳懂了嗎？」

「妳覺得，我給別人的第一印象是什麼？」那天回家的路上，我問珮珮，她幾乎不假思索就說了四個字，叫作「人畜無害」；今天午餐時，我問楊姊，她相不相信這世界上有一種人，能在很短時間內，輕易看出對方的人格特質，而她點點頭，自豪地說：「我就是這種人，所以我推薦給妳的相親對象，保證都是最適合妳的……」

我在一團又一團的迷惘中，過了整整一星期，每天總有幾次會忍不住想起小肆說過的話，也想起他說那些話時的表情與眼神。我會感到茫然，那些人真的跟我住在同一個星球上嗎？他們的價值觀、思考方式，還有看待世界的角度，為什麼都那麼怪？無論怎麼說，我都認為自己比較接近正常人的這一類。幾天的午休時間，我難得沒有伏案大睡，卻戴起了耳機，聽聽他們放在網路上的音樂，說真的，鬼才聽得懂他們那些歌詞到底唱什麼。這些人雖然也寫情歌，但情歌實在少之又少，大部分的歌詞都在做社會批判，又嚷又叫的，每一首都讓我非得壓抑著痛苦的情緒才能勉強聽完，但說真的，聽完之後根本一點共鳴也沒有，我在想，當這種樂團終於有紅起來的那天時，大概五月天或蘇打綠都已經完成火星巡迴演唱會了。

抵達現場時，我是帶著無比納悶的。這週末珮珮來不了，她公司還要加班，本來她一缺席，我就更沒理由出現了，然而就在中午，才剛吃過自己煮的泡麵，正想坐下來看看電視，放在桌上的手機卻響起。

「你為什麼會有我的電話號碼？」對方沒報上姓名，但我一聽招呼的聲音就知道是他。

「妳不是填寫了『回聲』的會員資料卡嗎？」小肆說：「反正那不重要啦，重點是另一件事，妳知道的。」

「我找不太到什麼非去不可的理由。」蹺起二郎腿，自己一個人的房間，沒有維持儀態的必要，我只差沒挖鼻孔而已。

「因為我想見妳，這個理由怎麼樣？」他笑著說完，也不管我差點從床上跌下來，居然直接掛了電話。而電話掛斷後，又過兩個小時，說好的拍攝時間開始前，我就這麼來了，像中邪了一樣，不由自主地化好妝、戴上隱形眼鏡，換好衣服也穿好鞋子，就這麼來了。

不過來了之後，我才發現情況有點不太對，板橋的南雅夜市，下午沒多少營業的店家或攤位，但就在狹窄的夜市街上，工作人員已經拉開架式，擺上器材，我不知道什麼樣的歌曲MV會在這樣的地方取景，但現場每個人臉色都極其難看，尤其是樂團團長兼主唱，同時也擔任導演的小鬍子。看過網路上的介紹後，我曉得他有個好本土的綽號，叫作阿春仔。站得有點遠，不是很敢靠近，我看見幾個人站在阿春仔身邊，不曉得在討論些什麼，隔了半晌，他忽然一聲爆喝：「什麼叫作人不見了？幹！去打電話，所有人都給我去打電話！找不到人，今天的損失就算在你們頭上！老子不給錢也不放飯，你們全他媽的都別想走了！」

在一群人滿臉懊喪地紛紛走了開去，各自拿出手機之際，小肆已經看見我在這裡，他沒受到阿春仔的影響，依舊保持愉快的神情，步伐輕健地走過來。

「本來想展現我浪漫唯美的那一面給妳看，結果反而鬧出了一個大烏龍。」他根本沒把阿春仔的火氣放在心上，只是壓低一點聲音，但語氣還是促狹地說：「我們花錢請了一個模特兒公司的女孩來當主角，但可能因為嫌我太醜，所以居然放了大家鴿子，消失得無影無蹤，我的吻戲就這樣沒了。」

「那不就開天窗了？」我咋舌。小肆點點頭，說這支難得的情歌MV，其中一幕要拍的是一對男女在場景紛亂的大雨中擁吻的畫面，結果女主角沒來，但預約好的灑水車，還有這些拍片的器材，可是一分一秒都要算錢，等愈久，大家虧愈大，而要是再拖下去，天色慢慢昏暗，光度不夠就拍不成了。

「小肆，過來！」正在跟我閒扯，阿春仔又一聲喊叫，臉上妝才化到一半的小肆只好趕緊再跑回去，而我左右無事，現場也沒半個認識的人，正是最尷尬的時候，當下乾脆也稍微退開點，躲在一個還沒開始營業的豬血糕攤子旁，看著現場的一片紊亂。過不多時，只見小肆又奔來，但這回他臉上沒有方才的閒適自若，反而多了幾分尷尬。

「拍不成了嗎？」我擔心地問。雖然不曉得這等陣仗的拍攝現場，跟一般拍電影的狀況相較如何，但我相信應該也是挺燒錢的一件事，要是今天大家都白來了，只怕樂團虧損會非常嚴重。

「就目前情形來講是拍不成了，妳看，女主角連個鬼影都不見，而且手機不開，大概是聯絡不上了。」小肆搖頭嘆氣，一臉絕望地說：「如果今天不拍，我們起碼要虧好幾萬塊錢。」

「不能另外找人嗎？」

「就算找到了，等人來到現場，再把妝化好，天也已經暗了，夜市還要營業，管委會更不可能通融。」小肆再搖頭。

「難道沒有別的方式了？修改劇本呢？」

「修改劇本也不可能，因為這是一連串的故事，女主角就只出現在這一幕，不可能改。剛剛阿春仔叫我過去討論，我們現在只剩最後一個辦法，」他嘆口氣，說：「從現場所有人當中，找個人來當女主角。」

這句話說得有道理，我也覺得那可能是唯一的解決之道，倘若一連串故事下來，女主角就只出現這一幕，那誰來演都無所謂，也沒有之後不連戲的問題，然而我點點頭之後，忽然又覺得有些不對勁，因為我發現了，不只是眼前的小肆而已，連他背後的所有工作人員，包括橫眉豎目、一臉凶惡的阿春仔在內，他們的目光居然全都死死地盯在我身上。

每個女人都渴望在愛裡擔綱演出一回，卻忘了自己可能不是唯一的女主角。

06

別說小蔓是「黑色童話」的死忠樂迷了，就連珮珮也跟這些人關係匪淺，她們怎麼可能不看樂團最新的MV？而我真的不能想像，當她們有一天點開網頁，一邊聽歌，一邊看到我出現在畫面中，還跟男主角擁吻時將會有什麼表情？

「不要鬧喔，我……我……我……」躲在豬血糕的攤子後面，我伸手想擋，但一連說了三個我字，卻不曉得接下來要講什麼才好。

「妳知道人生就是不斷地面對挑戰、不斷突破自我，對吧？」站在攤子另一頭，小肆往左，我就往右；他往這邊，我就躲向那邊，深怕被他抓到。小肆一邊想繞過來抓我，一邊說：「乖，妳沒有台詞，不需要演技，就只是走幾步，然後讓我抱一抱，親個兩下就好，不只有薪水可以拿，還有便當可以吃。」

「走幾步還沒什麼，抱一抱、親兩下？連這種話你都說得出口？你們這些長毛鬼不介意，老娘可還有貞操要顧，我以後還要不要嫁人？誰稀罕你家的薪水跟便當呀！我只是跟著鄉民進來看熱鬧的！」我慌張不已，只想找機會逃走，然而不只小肆不肯罷休，連他後面那些人居然也開始慢慢圍了上來，想阻斷我的退路。

「妳放心，不會真的親到妳，借位！借位妳知道吧？臉稍微歪一下、嘴稍微偏一點，看起來像親到的樣子就可以了。」他還在解釋。

「放屁！觀眾才不會吃你這一套！而且看起來有親到就是最糟糕的事！」我罵著，趁他沒留神，急忙往旁邊逃開，然而人牆早已堵住，他們就像上街頭抗議的社運民眾那樣，手勾著手，一步步往這邊包圍上來，讓我根本鑽不出去。

「為了藝術而犧牲，這句話妳聽過吧？真的，我們現在從事的，是一件非常偉大的藝術工作。我先跟妳做點心理建設，好嗎？請妳先稍微冷靜點，聽我說，」一臉認真的樣子，刻意放緩口氣，小肆攤開兩手，說：「人生不過短短幾十年，人一死，誰也不會真的再記住妳，妳庸庸碌碌一輩子，做的都只是一些臨時的事，根本沒有價值，不會變成永恆；但是藝術不同，藝術可以流傳幾個世紀，甚至幾十個世紀，為什麼呢？就是因為犧牲，妳懂嗎？有些人犧牲了一生的時間，只為了完成一件藝術創作，這就是它的價值所在。而妳現在要做的事情也一樣，把眼光放遠一點，把角度拉高一點，妳看到的就完全是另外一回事了。」

「我只看到你在逼良為娼而已。」我搖頭，將包包緊抱胸前，看看現場的局面，我強迫自己要冷靜鎮定，開始分析我這一身米白色雪紡洋裝與高跟鞋會不會成為我突圍而出的阻礙，如果他們不肯讓步，我是不是有必要扯開喉嚨喊救命，或者把包包當成武器拿來揮舞？

「葉小姐，」就在這個情勢險惡的當下，阿春仔忽然走出人群，他也是一頭長髮，下巴依舊有撮鬍子，一身重金屬搖滾打扮，臉上卻沒了先前的惡煞模樣，反而睜大眼睛，滿是誠懇地看著我，說：「今天，是一個攸關我們樂團能否繼續生存下去的重要日子，如果今天不把MV拍完，我們就再也湊不出錢來重拍第二次。」

「那也不關我的事吧？」我急忙搖頭。

「不，那當然關妳的事。」阿春仔堅定地說：「事到如今，妳已經是我們唯一的希望。」

「還有別的女生可以演啊！」我嚷著。

「她們？」阿春仔的聲音比我還大，口氣很強硬，卻講出讓我差點笑場的話，他說：「那些比史瑞克還醜的東西，她們也能算得上是女人嗎？妳自己說說看，妳看清楚點，如果那些能算女人的話，我都可以參加選美了！」

「好、停、夠了、拜託，」我一連揮了幾下手，「總而言之，這種事我辦不到。」這句話剛說完，意料不到的事情就發生了，阿春仔非但沒有放棄，反而長嘆一聲，跟著朝我雙膝一跪，行了一個五體投地的大禮，還喊了一句：「拜託妳了！」

我的下巴差點都掉了，因為就在他拜倒之後，黑色童話的另外幾個團員跟著也拜了下去，我相信他們清明祭祖時都沒行這麼大的禮，但我只能傻在那裡，完全動彈不得。唯一一個沒拜下去的團員是小肆，他走到我旁邊，雙手扶住我渾身發抖、瑟縮成一團的身子，在耳邊輕輕地說了一句：「我老大已經拜下去了，還連頭都磕了，妳要知道，如果再不答應，他這人很極端，我怕他發起狂來，會出人命的。」

「可是……」

「來，把蛋殼敲破吧，好嗎？」他語氣溫柔，但我真的沒有很想聽到「蛋殼」這種殺風景的字眼。

從小到大，這是我第一次站在攝影機前面，心中不免要猜想，那些電視或電影的演員，他們在排戲、演戲時都沒有絲毫的不自然嗎？而且，除了攝影機的鏡頭外，還有一大堆人的視線耶，那種感覺真的要多怪就有多怪，可是我已經騎虎難下，站在預定的位置，灑水車的管線就在我頭頂正上方，只等阿春仔一聲令下。距離我大約幾步遠的小肆雖然沒有出聲講話，卻不斷對我比手畫腳，用唇形告訴我：加油。

加油？我不知道這種油要怎麼加，耳裡只聽到阿春仔拿著大聲公，放送出來簡單幾句話，他說：「女主角維持現在的表情，很好，站在那裡不要動喔，等一下雨水淋下來之後，站在那裡等男主角喔。」他說這些話時的口氣很溫和，跟他本人的外表絲毫不相襯，如果以阿春仔的外型來看，我覺得他應該會很凶地說「站好，敢亂動就殺了妳！」之類。

我不知道這支MV故事的完整架構，但反正我現在也已經不想知道了，依照阿春仔的要求，女主角必須帶著哀戚的表情站在雨中，這種神色我不需要特別揣摩，因為那就是此刻我的感受。

女主角在等待，等一個不曉得何時才願意施捨自己一點愛的男人。為了凸顯那種辛苦守候的氛圍，所以才有淋一場假雨的必要。在我站上預定位置前，灑水車已經把地面淋濕，待會我也得先被澆個幾秒鐘，讓衣服都濕了之後，才能營造出苦苦癡等的樣子，好讓快步走到我身邊的男主角緊緊抱住，象徵愛情的終於圓滿。沒有台詞，連走位都不用，只要站著淋雨、被抱、被親就好，說起來一切都很簡單，但我完全不曉得自己該用什麼姿勢才好，連雙手擺哪裡都是問題。就在我扭捏至極，幾乎已經承受不住鏡頭與眾人目光的壓力，差點就要反悔，想拔腿跑開的當下，阿春仔已經一聲令下。

好冷的水線灑落身上時，我那些矛盾、惶恐、緊張與畏懼瞬間都被沖散了，這場假雨未免太逼真了點，不但把我淋得一身濕，而且實在很冷，我只能縮緊肩膀、夾緊雙臂，被水給淋得睜不開眼睛。大約幾秒鐘的時間後，我耳裡除了水聲與抽水馬達的運轉聲外，忽然還聽到腳步聲。在淋漓中，勉強睜開眼睛，我還來不及看清楚狀況，小肆已經將我用力攬進懷裡，被他壯碩的手臂環住，大部分的水絲也都讓他為我擋住，小肆在我耳邊輕輕說了一句：「別怕，我在這裡。」

我急忙又閉緊了眼睛，正猶豫著是不是該伸出手來呼應他的擁抱，也搭上他的肩膀時，小肆側了一下臉，根本沒有什麼借位不借位，他真真實實且極為熱切地吻上了我的嘴唇，熱得讓我忘記應該矜持或抗拒，也讓我忘了攝影機鏡頭與眾人的目光，紛紛灑落的水珠彷彿遮蔽了一切，讓我完全陶醉在他的親吻中，連自己的雙手都在不知不覺間，真的就搭上了他的肩膀。

融在雨裡的原來不只是女人的妝容，還有心。

07

自從認識小肆之後，我偶爾會興起這樣的思索，到底自己是不是個作繭自縛的人？坦白講，我不認為自己有社會或人群的恐懼症，但我願意承認自己有懶得與世界打交道的壞毛病，我寧可躲在家裡看電視或發呆，也不想參加姊妹們之外的社交活動，除此之外，我並不覺得自己會過度拘謹，相對的，我反而活得很隨興，充分擁有自我的空間，而除了偶爾房間有點凌亂外，我相信葉心亭有資格跟「井然有序」四個字畫上等號，起碼我的生活應該是這樣沒錯。

但這種無形中的秩序，忽然有一天崩散瓦解，它碎裂於瞬息之間，讓人猝不及防，而致它於死的，居然只是一根當初小肆無意間劃過我臉頰的頭髮，而莫名其妙當上一個短命的一幕女主角之後，我的人生更忽爾出現了明顯的轉折。

把一條小肆借給我的大毛巾丟進洗衣機裡洗滌乾淨，也在小窗台上晾乾後，我原本還在想，自己以後是否還有機會再見到他，然而不過兩天，他卻打來電話，問我想不想看看剪輯過後的MV片段。

「免了。」我一口拒絕。心想，這種不堪入目的畫面，還是等小蔓她們在網路上發現，驚慌地打電話來跟我確認時，大家再一起看就好，我怕自己心臟承受不住太多次同樣的打擊。只是一旦拒絕看畫面，我也等於就失去了再見到他的理由。

「不然我們明天下午練團，妳來『回聲』探班，我順便請妳喝咖啡？」

「只是順便的咖啡太沒誠意，況且你練團就練團，需要別人探什麼班，是想騙我去幫忙跑腿買便當嗎？」

「那我正式地請妳吃個飯總可以了吧？當作是妳跨刀協助拍片的酬謝這樣。」最後他鄭重地說要親自下廚做飯，才終於算是展現出一點誠懇的態度，但接下來幾句隨即又讓我很想揍人，他說：「不過要我做飯的話，妳就得來我家吃，來我家耶，妳敢嗎？我怕妳沒這膽子喔。」

吃個飯而已，需要什麼膽子？我沒察覺到自己原來如此禁不起別人的激將，卻豪氣萬千地一口答允。要了他家地址，還特別指定了幾樣菜色，並且給他一天時間去準備食材。翌日傍晚，我還不到五點就已經收拾好桌面，趕著進廁所去換衣服，雖然外面下著細雨，但我腳步依然很快，不過才兩站捷運的路程，我就來到這裡。

一整排的老舊公寓，只怕有三十年以上歷史，外牆已經斑駁，到處霉黑，連街道上也亂七八糟停滿了車。我小心翼翼地在路邊的車輛間穿梭，並仔細查看門牌號碼，還沒找到時，卻先聽到他的叫喚聲。一抬頭，小肆趴在窗台邊，一邊跟我招手，手上似乎還拿著什麼，正一下一下往下丟，大概是小石子之類吧，打到那些違規停放的車子上，發出金屬碰撞聲。納悶著，本來我想問他在幹嘛，然而小肆把食指比到嘴邊，做個動作要我別聲張。

充滿好奇地拾級而上，還不到他住的四樓，已經聞到菜餚香味。小肆的房間很狹小，一張鋪了米色床單、枕套的床已經佔去大半空間，另一頭擺了好幾把貝斯，地上則散落一些線材跟踏板，小肆說那叫作效果器。

「你剛剛在幹嘛？」他來開了門，手上還抓著一把小石子，每一顆都有拇指大小，而且形狀都嶙峋尖銳，看起來應該是特地挑揀過的。

「知道什麼叫『惡正義』嗎？」小肆說：「這條巷子永遠停滿違規的車輛，里長不管、警察不管，老百姓就只好自己想辦法。」

「砸別人車子是犯法的吧？」我大吃一驚。

「砸不爛的，頂多出現一些刮痕而已。」他聳肩，「沒辦法，只能用這種方式，給那些亂停車的王八蛋一點教訓。」

我咋舌不已，哪有人用這種方式來解決問題的？這種做法大概只有他想得出來吧？我說如果是我，會選擇打電話給電視新聞台，把這個現象放送出去，但他搖頭，說：「我打過了，結果只改善了兩天，之後還不是照舊亂停？放心吧，我丟的只是小石頭而已，等下次要投擲炸彈的時候，再打電話叫妳來看戲。」

要煮好。

「不用了，謝謝。」趕緊搖手，再看看房間四周，我又問小肆：「你這樣不怕把房子給燒了嗎？」語氣裡有點擔心，這傢伙在房間一角的地上擱著卡式爐，火燒得正旺，雖然菜餚香氣四溢，卻也非常危險。而一旁電鍋有水蒸氣正噗嚕嚕衝撞鍋蓋，顯然白飯已經快要煮好。

「放心，著火了我會帶著妳逃命的。」他毫不在意地說。

我沒想到原來小肆的手藝這麼好，一道宮保雞丁做得有聲有色，一盤青菜的顏色與香味也都恰到好處，而那鍋他昨晚就到市場買好材料，預先做好的牛奶濃湯，更是堪稱絕品。他說從小到大，幾個哥哥姊姊都不喜歡下廚，當然只好由他來做。

「你爸媽呢？」

「我爸很早就死了，長什麼樣子我都沒見過；至於我媽，好像我剛上小學的時候吧，她那時改嫁了，所以我對她也沒太多印象。她留下四個小孩，我們都是爺爺奶奶帶大的。」他說得稀鬆平常，好像一點也不介意，「我哥我姊都不喜歡做菜，而我爺爺癱瘓下不了床，奶奶得照顧他，所以只剩下我來做飯囉。」

「這故事到底是真的還假的？」我忍不住懷疑。

「有機會的話，帶妳去我家，妳不就知道了嗎？」他笑著。

菜很好吃，四樓陽台看出去的景致也還不錯。一邊吃飯，小肆說他大學其實沒畢業，三年級下學期就被退學了，因為別人在課堂上讀書時，他卻成天往社團跑，其結果是雖然得到幾個音樂比賽的獎項，卻欠下太多學分。

「你這樣的生活狀況，難道可以維持一輩子嗎？」

「就算拿到文憑，難道就能代表什麼？」他輕蔑一笑，「文憑只是一張紙，那一點都不重要。」

「起碼有張文憑，你比較容易混口飯吃。」

「妳現在吃的這碗飯，好吃嗎？」他一笑，先問我一個話題外的問題，見我點頭之後才又說：「妳有文憑，妳覺得飯很好吃；而我沒有文憑，卻也覺得我這碗飯挺不賴。」

那瞬間我似乎稍微懂了他的意思，本來就知道，像小肆這樣的人，他們活著並不是為了柴米油鹽而已，有更多時候，他們都在追逐夢想，或者都在實踐自己的人生哲理，那可能是一般人所無法理解與認同的，就像他對於樓下那些違規停車的亂象所主張的「惡正義」一樣，我大概可以明白。

「妳那是什麼？」一邊吃著飯，他忽然指著我的手腕，說已經注意過好幾次，但一直沒有機會問。順著他的視線低頭，原來說的是一條我左手腕上的鍊子，純銀材質，上面有篆刻的鳳凰圖騰，非常別緻。我告訴小肆，這是本人一生僅有過的一次出國旅行，而且還是公司的員工旅遊，在泰國買來的紀念品，象徵的不只是首次踏出國門的留念而已，更是一種對自己的期許，要像一隻驕傲的鳳凰，努力地往前飛。

「一直飛，不累嗎？」結果他又問了一個很沒邏輯的怪問題。

「累了再說呀。」我沒好氣地回答。沒想到他點點頭，擱下飯碗，問我能不能把鍊子解下來，讓他試戴看看，起初我並不以為意，當下解開扣環，把鍊子遞了過去，而他拿在掌心裡欣賞半晌後，一條在我手腕上原本顯得稍微長了點的鍊子，卻非常貼合手腕大小地剛好讓他套上。

「妳現在可以放心地飛了，哪天累了，就回家來吃飯。」自顧自又欣賞了一下鍊子後，他說。

「你知道這不是一件可以開玩笑的事情嗎？」在他那句話後，我停止了吃飯，也中斷了所有動作，望著戴在他手腕上的手鍊，我沉默半晌，然後問他，而小肆沒有回答，他撥撥自己的長髮，放在鼻尖嗅了嗅，說怎麼搞得滿頭油煙味，看樣子吃完飯後還得洗個頭。

「嘿，回答我的問題，這很重要。」我再問，結果他依舊不說，卻給我一個吻，代替了答案。

我們在品嚐愛的同時，往往不曾預料，原來給出自己的靈魂，是一件如此危險的事。

原來愛著愛著，不會忽然就到永遠；
走著走著，也未必走到兩個人還在一起的終點。
月滿就缺，潮滿就退，
而眼淚滿了之後，還是眼淚。

那旋律不是這樣唱著嗎？
說不定幸福很容易，難的是只是全心全意。

剛踏進這家店時，撲鼻而來的是一陣沉鬱已久的怪味道，那應該是混雜著菸味、酒味或其他灰塵的氣息。我忍不住皺眉，但其他人根本沒放心上。小肆告訴我，其實每一家Live House都差不多是這樣，就算營業時間禁菸，但總難免在其他時段有人抽菸，各種怪味在空調機裡無限輪迴，久而久之，就成了這種味道。我點點頭，這陣子跟著小肆他們跑過幾個表演場所，味道確實都跟這裡很類似，就連「回聲」的後台也差不多是這樣。

他們跟店家主人打過招呼後，很快地開始準備工作，先確認自己的位置，再拿出樂器，接上導線跟效果器，在原本就很狹小的舞台上，拉出一條又一條的電線，大家一邊調整音色跟音量，同時阿春仔則走到表演場地的一個小角落，那裡擺設著一座小小的控制台，負責掌握全場的音效與燈光，阿春仔去那邊確認今天的歌序內容。等一切就緒後，他們這才開始試音。

這群人還有力氣表演嗎？我心中犯疑。今天中午過後，我坐上小肆那輛老舊的野狼機車，他把裝在背袋裡的吉他交給我，要我背著，另一只裝著效果器的鐵箱子則掛在油桶上，其他的簡便行李都繫在機車的後扶手上。兩個人一起騎車到「回聲」去。那種感覺很難形容，我覺得自己好像忽然融入了他的世界似的，幫他帶樂器、拿東西，甚至跟他穿起了類似的衣服，而頭上的安全帽，也從我自己原本的那頂粉紅色小帽子，變成了他幫我準備的，一頂黑色半罩頭盔，還附帶裝飾性的飛行員擋風鏡。

一輛中古的小箱型車就停在「回聲」門口，團長兼主唱是阿春仔，他除了唱歌之外，也要負責彈一點吉他；另一位跟他站在一起的是包租公，會有這種奇怪的綽號，是因為他家真的很有錢，聽說包租公的老爸在信義區有幾棟大樓分租，光是租金就收不完，所以他才可以毫無後顧之憂地整天只顧著玩音樂，現在是樂團鼓手，箱型車也是他自己買的，做為樂團遠征演出的代步工具；而另一個剛把樂器箱子搬進箱型車後面，正辛苦擦拭汗水的則是主音吉他手，綽號叫作香腸，理由是他愛吃香腸，不管樂團到哪裡表演，他永遠都能在表演場地方圓五百公尺內找到烤香腸的攤子。

器材通通搬上車後，包租公負責開車，阿春仔在副駕駛座上。第二排的座位，香腸把位置讓給我，自己則縮到最後面去呼呼大睡，對車內嘈雜的聊天或小肆偶爾玩玩木吉他的聲響完全置若罔聞。他們這一路玩樂胡鬧，像是有用不完的體力，花了好久時間才開到台南，我都笑到沒力了，而他們才開始準備演出而已。

試音結束後，台南夜風輕涼，小肆拎著一把因為我的雞婆，帶進現場後才知道今晚派不上用場的木吉他，準備拿回車上去放，途中發現轉角有家小吃店，乾脆帶我進去先吃頓飯。台南這裡，不管什麼食物都帶點甜的口味，讓我有些不適應，但他倒是吃得很開心。一邊大口扒飯，他忽然問我，知不知道西來庵事件。

「那是什麼？」我搖頭。

「西來庵事件是日據時代規模最大的一次百姓抗日事件，也是死傷最慘重的一次，就發生在台南。」小肆說他在家裡年紀最小，哥哥姊姊平常誰也沒興趣跟他玩，大多數時間都在奶奶說不完的故事中度過，從封神榜的姜子牙，講到鄭成功率軍進攻鹿耳門，又從盜亦有道的廖添丁，聊到西來庵之類的抗日故事。

「那是我們剛組團的時候吧，好多年前了，樂團的曲風還沒有很固定，那時我們想到什麼就寫什麼，類型變來變去，風格也五花八門。剛好有一次，也是來台南表演，我忽然想起那個故事，就告訴了阿春仔，阿春仔很有興趣，跑去網路上查了一堆資料後，還寫過一首歌來歌頌這個故事。後來這種風格的音樂內容就變成了我們樂團的主要走向。」小肆說他在台北土生土長，心裡非常渴望能走遍台灣的每一寸土地，發掘所有精采動人的故事，跟大家一起把屬於這塊土地的傳奇全都變成歌曲。

「問題是，這些歌真的有人想聽嗎？」我很刻意留心自己的語氣，就怕刺傷了小肆，然而這顯然是多餘的，小肆哈哈大笑，他說這問題已經聽過了太多次，很多人都問過，那種沙啞嘶吼的唱腔，還有動不動就冥紙滿天飛的表演畫面，觀眾嚇得連逃都來不及，誰還有心思靜下來聽聽音樂、聽聽歌詞？

「但我們不能放棄呀，妳知道嗎？」小肆說：「音樂表演的形式隨時可以改變，我們也不是每一首歌都非得唱得力竭聲嘶，但這個樂團的精神是什麼？我們想替這塊沉默的土地上，一些被埋沒的思想或故事，很用力地唱出聲音來，就是這樣而已。」

「但聽眾畢竟有限，對吧？萬一哪天真的發生觀眾比樂手人數更少的場面，你們怎麼辦？」

「我們有過一次經驗，樂團拉到嘉義番路鄉一個偏僻的小學去開唱，本來以為起碼會有幾個死忠的歌迷跟著一起來，或者也可以吸引當地民眾，因為我們還特別寫了幾首歌，融入跟嘉義有關的民間故事，結果妳知道怎麼樣嗎？」小肆大笑：「他媽的那天晚上，小學操場上一個觀眾也沒有，只有幾百隻不知道誰家養的鴨子偷溜出來，在那裡聽我們唱歌。」

吃完飯，距離開場時間已經所剩無幾，他站在外頭點了香菸，正望著車水馬龍，但與台北不同，多了點放肆與自由的台南街頭發愣，本來我想光顧一下路邊一個賣霜淇淋的小攤子，然而摸摸口袋，卻發現自己只剩十幾塊錢，把小肆叫過來，他說身上也只有五元，我們剛剛吃得太豐盛，以至於錢都花光了，而我的皮包、他的皮夾，全都擱在表演場地，誰也沒帶出來。

「老闆，我只差你十七塊，有沒有別的通融辦法？」原想就此作罷，不吃也無所謂，不料小肆居然上前一步，開口跟看起來就一臉不好惹的老闆打起這種匪夷所思的商量。

「沒錢你還要吃喔？」那個老闆橫眉豎目，我一度以為他會飆出髒話，然而沒有，他冷笑一聲，說了幾句讓我很想生氣的話來：「要吃也可以啊，我今天生意很差，你如果可以幫我多賣十支霜淇淋，我就一毛錢都不收，直接請你們一人吃一支，你說好不好？」

那瞬間我心想這下完了，這種狗眼看人低的態度，連我都想拂袖而去，小肆這樣心高氣傲的人怎麼可能禁得起侮辱？今晚只怕還沒上台表演，他就會因為怒砸霜淇淋攤子而被警察逮捕。一緊張，我立刻拉住小肆的手腕，想把他往回扯，然而他不但沒有生氣，反而還點點頭，臉上露出興奮的表情，出乎意料之外，立刻打開背袋，取出木吉他來，但我其實不知道他彈的是什麼曲調，也不知道那歌詞是從哪裡改編來的，只見他非常流暢地在大馬路邊就彈唱起來，而我隱約聽到幾句歌詞，唱的是：「給我一個免費吃冰的機會吧，路邊好心的大爺們，你們買十支，老闆請我吃兩支，為了我心愛的女人哪，給我一個免費吃冰的機會吧……」一邊唱，他一邊走動，擋在路過的行人面前，硬要唱給人家聽。如果是在冷漠的台北，這招大概不會奏效，但這裡可是人情味濃厚的府城，行人們果然很多都被逗笑，還真的陸續有人走到霜淇淋的攤子前面，掏錢出來買冰。我看得瞠目結舌，幾乎不敢置信，只見小肆那首胡亂瞎編的曲子唱過幾次後，已經有好幾個路人都停下來買了冰，尤其是一位帶著兩個小孩的媽媽，還掏出一百元要給小肆，儼然就把他當成賣藝的街頭藝人了。

「姊姊不用給我錢，給我一個免費吃冰的機會就好，路邊好心的姊姊呀，妳來買一支，老闆請我吃兩支……」輕輕刷著吉他的弦，樂音輕快，我笑得樂不可支，那個牽著小孩的媽媽也被「姊姊」、「姊姊」給逗得心花怒放，於是拿著一百元去買了三支霜淇淋，立刻幫我們湊足了十支的約定數量。

任務完成，他停止了彈唱，臉上滿是驕傲地走回來，我一邊鼓掌叫好，一邊看到小肆走到攤位前，伸手對那個目瞪口呆的老闆說：「我實現了幫你賣十支霜淇淋的約定，現在輪到你了。拿來，兩支，我們要巧克力口味的，謝謝。」

我完全傻眼了，沒想到會用這種方式，一毛錢也不花，真的賺到兩支霜淇淋。這人腦袋裡到底在想什麼呢？放好吉他後，走回去的路上，一邊吃著冰，我問他是不是覺得自己還活在可以以物易物的時代，或者究竟基於什麼理由，老闆會願意少收十七塊，而把霜淇淋賣給我們？

「問題不在於我，而是在於妳才對。」小肆很開心地吃冰，說：「差十七塊錢就不能買冰，這是妳認為的，人家那個老闆又沒說不行。妳預設了一個立場，再拿這立場來困住自己，結果就是摸摸鼻子，放棄那麼好吃的霜淇淋，這不是很可惜的事嗎？」

「萬一老闆開出來的條件是你做不到的，這又怎麼辦？」

「妳不會殺價嗎？」他把剩下的霜淇淋一口塞進嘴裡，說：「除了錢之外，總還能談到一個雙方都能接受的條件不是？」

我聽得哈哈大笑，也佩服不已，原來弄了半天，差了十七塊就不能買霜淇淋，這只是我給自己設下的先決條件，但對小肆這樣的人而言，他在乎的才不是這問題。眼見得已經回到表演場地，那兒也聚集了幾個等候開場的聽眾，我回想起他剛剛得心應手的賣唱演出，問他：「有沒有想過，哪天如果不再為這塊土地寫歌，也不玩樂團了，你要做點什麼？是不是要去路邊賣藝餬口？」

「沒想過，因為從來也不覺得會有那麼一天。」他搖頭，說：「我本來就什麼也沒有、什麼都不會，所以最適合我的方式，就是為了夢想活著，這是我唯一能做，也是唯一會做的選擇。」

「難道都沒有其他的了？」我望著他的側臉問，原以為他會轉過頭來，給我一個溫柔的微笑，講幾句動聽的話，然而他卻搖頭，說：「也許有，但那不重要。」

09

「妳真的知道自己在做什麼嗎？」一臉不可置信的表情，小蔓還先拿出手機，盯著日曆看了看，又轉向旁邊的珮珮，問她愚人節是不是已經改了日期，確定之後，這才再度面對我，非常嚴肅地問：「葉心亭，妳知道我現在想到什麼嗎？」

「什麼？」我搖頭。

「通常呢，一天到晚嚷著要辭職的人，往往在公司做了最久；從來不表現出厭世態度的人，反而會是直接跑去自殺的那個。」小蔓指著我的鼻子說：「妳就是那種人。」

「我……只是……」有點疑惑，我說：「我只是談戀愛了而已耶？」

「這就是問題所在啊！妳知道妳在跟什麼樣的人談戀愛嗎？」小蔓臉上寫滿荒謬二字，「妳如果只是跟他上上床，玩幾次一夜情，我還可以理解，但是……但是……」她指手畫腳，連說了幾次「但是」，卻怎麼也接不下話。

我覺得有些莫名其妙，小蔓自己平常很愛接觸那些地下樂團，她認識的樂手起碼超過三五十個，對台灣獨立音樂發展的歷史與派別可以如數家珍，所蒐集的唱片更不下百十餘張，按理說，她應該最能認同我跟小肆的事情才對，怎麼忽地一反常態，居然成了最大的反對派？

「這世界上有些人，對他們的理念與作為，妳可以支持、可以認同，也可以欽佩跟欣賞，但妳不應該跟他們談戀愛，懂嗎？」對於這個論點，我提出邏輯上的抗議，小蔓則搖搖頭，她問我：「妳知道這些玩樂團的人一個月賺多少錢？他們連一個穩定的工作都沒有，憑什麼給妳承諾？」

「我要的不是長期飯票呀。」我反而笑了出來，同時也告訴她們，除了樂團演出的酬勞之外，小肆還有另一份工作，他在幾個樂器行都有學生，教他們彈貝斯跟吉他。

「在樂器行教樂器，一個月能賺多少錢？有沒有勞健保？有沒有三節獎金？有沒有底薪？有沒有退休金？不然我換個方式問妳好了，音樂理念可以當飯吃嗎？這句話夠直接了吧？不信的話，妳把他帶回家去，給妳爸媽看看，看他們會不會提出相同的質疑。」小蔓說得斬釘截鐵：「妳要嘛就跟他分手，不然妳就準備養他下半輩子。」

我不知道這場聚會最後算不算得上是不歡而散，但小蔓確實臉色很難看，而且後來幾乎不再跟我談論這個話題。倒是珮珮安慰我，她說儘管乍看之下，或者很多人根深柢固的觀念，都認為那些玩地下樂團的年輕人肯定跟性、毒品或暴力有關，但只要踏進去了、認真地了解過後，就會覺得他們比一般只將眼光放在消費市場上的主流樂團要來得單純、可愛得多，只是有更多時候，小蔓說的那些也不無道理，畢竟，二十幾歲的年輕人，誰都可以把理想高掛嘴上，認為自己的一生除了夢想之外，再別無他求。但事實上，誰能擺脫得了經濟壓力？誰能不為自己的下半輩子打算打算？小蔓之所以如此強力反對，正因為她看到了這一點，也看多了玩不出成績的地下樂團，最後是如何潦倒與解散的。

點頭，但無語，我想到的是這兩天在公司裡，楊姊跟我聊到的幾句話。本來還打算介紹她姪子給我認識，但我道謝婉拒，也說自己已經交了男朋友，她雙眼瞪得好大，問我對方的背景，輕描淡寫，我只說自己交往的對象是個玩音樂的，她聽了之後張大嘴巴，跟著就問我是哪家唱片公司、有沒有製作過哪個歌手的專輯，或者寫過哪一首膾炙人口的流行金曲。

只有走在市場上的音樂人才算真正的音樂人嗎？我不懂那些，但我覺得小肆給我一種很自由而不受拘束的感覺。尤其當那天我們結束了台南的表演，沒有趕著回台北，車子卻開到海邊，一群人在海堤上開心地喝著啤酒，阿春仔跟香腸一邊彈著木吉他，不用怪聲怪調，卻略帶沙啞地唱起好多首台語老歌時，我有一種徜徉其中、難以自拔的舒服感受，小肆說這就是他永遠無法離開這樂團的原因，而看著小肆手上拿著啤酒瓶，那種閒適自得的模樣，我想那也正是平常總得穿著制服上下班的我所無法抗拒他的原因。

「不管怎麼樣，妳自己還是要多衡量一下。」當一晚的聚會結束，珮珮陪我走到捷運站，她要再到下一個路口等公車回家。在入口處，她語重心長地說：「這世界上有一種自由，是妳只能嚮往，卻無法擁有的。」

我不懂那句話的意思是什麼，既然都已經嚮往了，為什麼不去追求？而現在都已經擁有了，又何以卻要放棄？板南線捷運，好像不管哪一站都很多人，我剛順著手扶梯下來，往左是回家的方向，往右則可以搭個幾站，去小肆的住處。

應該去嗎？明天可不是放假日，就算制服收在包包裡，不怕明天沒得穿，但我應該去嗎？去了之後，我們會做愛，會一起洗澡、睡覺，睡前可能一起窩在床上看看電視，或者他會告訴我，也許他又寫了一首歌，還是看了一本書、一部電影，也可以聊聊這兩天在樂器行教課的心得，然後他會問我，上班辛苦嗎？朋友的聚會好玩嗎？甚至，如果興之所至，搞不好我們可以騎上機車，乾脆出門去亂逛，他說有一次半夜騎車跑去北海岸，看到皎潔月光倒映在平靜的海面上，那次，他看著月光，看到都失了神，索性把車停在路旁，一個人在海邊獨坐了一整晚，就只為了欣賞那樣的美。我聽得心嚮往之，多想也看一次那樣的景致；又有一回，他告訴我，那是個下雨的夜晚，但他整晚睡不著，結果獨自一人套上雨衣，騎著機車跑到烘爐地去，本來想去跟土地公聊聊天，不料卻在又陡又長的階梯上滑倒，整個人滿身是傷，連土地公都沒見到，反而被送進了醫院。那件事被其他團員笑了很久，大家都說六根不淨、滿身雜質的匪類最好不要到廟裡拜拜，免得惹火了神明。

如果是我陪著，土地公應該就不會介意了吧？我心裡這麼想著，儘管這輩子好像沒做過什麼偉大的善事，但起碼我是個恪守本分的人，每年或多或少，在街邊乞討的街友或出家人身上布施的總也有幾千塊，連日本地震海嘯，我都還跑去捐款。土地公，祢一定知道我不是壞人的，對吧？

我的思緒已經神遊到好遠的地方，原本只是在思索今晚到底要不要去找小肆，就怕影響了自己明天上班的精神，然而想著想著，當我回過神時，卻是急促的捷運車廂關門提示鈴聲響起，跟著左右兩扇門在我眼前合閉，而我錯愕了一下，抬頭，這班捷運列車要去的，是我住處的反方向。

不能擁有的自由，往往是最讓人嚮往的自由。

10

有些專家提出建議，認為一大清早最好不要處理過於細瑣的工作，而是應該利用頭腦最清醒的時刻，仔細思考自己一天的工作內容，訂立一日方針。不過這種理論並不適用於我。剛進辦公室，我每天首先要料理的，就是一堆善後工作。

就像今天一樣，平常不喜歡加班，所以向來準時離開的我，一大早的，才剛坐下就必須處理昨天傍晚之後，楊姊她們幾個在辦公室吃完晚餐又繼續作業，結果錯誤百出的各種項目。但一邊忙著，其實我並沒有任何抱怨與不悅，兩年前剛進公司時，我跟大家都一樣。一雙雙鞋子如果真擺到眼前，當然誰也可以一眼辨認出來，但當它們都被轉化成沒有任何造型或顏色的代號時，往往就很容易出錯，而一整天工作下來，都到潦草晚餐後的加班時間，大家精神更不濟，怎麼可能萬無一失？也正因此，開始工作後不久，我就改變了自己的心態，盡量在正常的下班時間前，把自己分內的事情做完，免得拖得愈久，精神愈差，做事效率就跟著低落。只是以前追求準時下班，為的是確保工作成效，也增加一點回家看電視的休息時間，而現在更不想加班，則是為了小肆。

「我知道約會很重要，但妳也不必苦著一張臉。」珮珮拍拍我肩膀說：「真正的幸福，不會因為妳一天沒約會就消失的。」

還能說什麼呢？我攤手苦笑，中午前我本來還盤算著，晚餐要跟小肆一起去士林夜市邊逛邊吃，下午珮珮一通電話打來，就推翻我整個計畫；而傍晚才剛出捷運再轉上公車，她打電話來，說一群人已經帶齊了火鍋料，全在我家樓下等著。

「本來小蔓是存著興師問罪的打算而來的，她要繼續拷問妳，到底為什麼會跟小肆在一起。但我覺得場面搞得太嚴肅，那就不像我們這群人的風格了，就算要嚴刑拷打，起碼也得先吃飽飯了才有力氣，妳說對不對？」一邊洗菜，珮珮一邊對我說著，但她不等回答，轉頭又對客廳那邊喊：「丁若萍，妳站在那裡等什麼！等水晶餃跟高麗菜自己跳進鍋子是不是？還不快點把東西丟下去煮，發什麼呆呀！」

本應是四個人一起聯手，整治這一頓火鍋大餐的，然而小蔓剛剛踏進我家，才剛打開紅酒，她的手機忽然響起，工作上不曉得出了什麼狀況，被追得急，只好先借用我的電腦，連上網路去處理處理。她在旅行社上班，料理的通常是一大票人要跑幾千里遠的行程細節，一點差錯都不能有，非得戰戰兢兢不可。

而我慷慨答應之後，一邊跟珮珮忙著，卻忽然想起什麼，一時有點心不在焉，就怕不小心洩漏了祕密。果不其然，大約就在我們洗好一把茼蒿跟一袋蝦子，準備繼續下個動作時，忽然聽到一直背對著我們，在這小房子角落裡剛剛還在猛打字的小蔓忽然爆出一聲尖叫，嚇得珮珮手上的菜刀都掉了。

「葉心亭，從現在開始……大概有……有兩個小時左右的時間，妳……妳……可以慢慢解釋這……這件事……」可能是受到太大的震撼，平常言詞便給的小蔓連話都說不好，她瞪大雙眼，手指螢幕。播放程式定格在MV的其中一幕。因為沒打開音量，所以我們忙著火鍋備料，都沒注意到原來小蔓已經忙完工作，她在準備關機前，發現電腦桌面上有個名為「黑色童話新MV」的影音檔，當下忍不住打開來看，而不看還好，一看之下差點暈了過去。那個定格畫面就是我穿著米白色洋裝，在很不自然的人造雨中，跟小肆激情擁吻的一幕。

「那件洋裝是我送妳的生日禮物耶。」若萍眼尖，指著螢幕說。

「光線效果還不錯，水花反光的樣子很浪漫，但灑水效果太強，把髮型都弄壞了，真可惜。」珮珮指指點點的。

「這就是讓妳心甘情願被繳械俘虜的關鍵嗎？如果一個吻那麼有效，那妳早點說，我們每個人吻妳一下不就好了嗎？」小蔓瞠目結舌地說。

我知道她們遲早都會看到那支MV，也知道大家看到那畫面時，一定會目瞪口呆，跟著就會有滿腦子的狐疑需要我來釐清，然而我更希望，大家最好是各自在自己家裡的電腦看到，而不是像現在這樣。一整晚，我連自己到底吃了些什麼都沒印象，唯一記得的，是那兩三個小時裡，有三個大驚小怪的女人，接連不斷地問出各種怪問題，還夾雜著時而響起的驚呼聲，把我家給吵翻天。

「需要辦一場記者會來對社會大眾交代交代嗎？」聽完我的敘述，小肆放聲大笑。

「你覺得很好笑，她們可不這樣認為，小蔓差點就氣死了。」我說。

「氣死就氣死囉，」小肆問我：「別人怎麼看，那一點都不重要，妳需要交代的對象從來也不是任何人，而是只有妳自己。」

「我？」

「對呀，妳。」彎下腰，調整了一下效果器，跟著又旋轉了音箱面板上的幾個旋鈕，然後他試著刷了一下吉他弦，確定音色無誤後，這才對我說：「活在別人眼光裡的人是傻子，在愛情裡一直思考對或錯的人也是傻子。」

「但她們可是我最重要的朋友。」我說：「別人的眼光，我當然可以不在乎，可是她們卻不同。」

「如果妳認為自己的選擇是正確的，那就去做吧，對錯與否、值得與否，都是只有妳自己知道的事情。」小肆搖頭，「真正的朋友不會要求妳選擇哪一邊，只會支持跟陪伴妳而已。」

我聽得默然，小肆站起身來，拍拍我的頭頂，說：「對或錯，是妳自己在判斷的事。」

星期天的傍晚，一群教養院的院生正在齊聲合唱，他們有些年紀不過四五歲，有的卻已經二十好幾，男女都有，而共同的特徵則是智能發育有些障礙，所以無法融入一般社會，在家裡無法妥善照料的情形下，才被送到教會主持的教養院裡分班照顧。

大約三十幾位院生，此時排排站好，正認真地唱著歌，有些人還可以將歌詞明確唱出，但有的則只能跟著張嘴發出聲音，卻沒有走在原有的旋律與音準上。不過我覺得這已經很了不起了，至少站在旁邊看著，我發現每個孩子臉上都洋溢著笑容，就算歌沒能唱好，至少也享受著唱歌的樂趣，而坐在一旁的椅子上，正認真彈著吉他的，則是顯然也陶醉其中的小肆。

我很難把他平常表演的樣子跟現在這副模樣聯想在一起。雖然樂團演出時，他沒有太誇張的肢體語言，但總也跟著化上亂七八糟的妝，或打點著五顏六色的突兀髮型，以及那一身搖滾衣著；而現在，他只穿著普通的上衣，頭髮抓成馬尾，不彈敲打聽眾心臟的低音貝斯，卻一下下刷著連接音箱的木吉他，偶爾點綴分散的單音，輕柔溫暖，迴蕩在小小的禮拜堂裡。

我坐在椅子上，跟許多院生的家長們一起聆聽音樂，一邊在想，或許小肆說的是對的，這一切的決定都該由我自己來下，畢竟此刻真正處在愛情裡的人，只有我一個人而已，旁人看到的小肆，是那個活在自己世界裡的模樣，孤芳自賞、桀傲不馴，甚至還帶點玩世不恭的態度，但我看到的，卻是一個富含不同面向，除了冷漠之外，也有溫柔的一面，就像眼前的他。

每個月的最後一個週日下午，教養院固定舉辦音樂表演活動，院生們會在家人探訪的時間演出，而小肆在這兒擔任伴奏工作已經好幾年，他說這工作很輕鬆，縱然沒有酬勞，他卻甘之如飴，問他為什麼，他說看著這些大大小小的孩子，他們的靈魂彷彿困在自己的軀殼中無法掙脫，看著看著就讓人難過，就像以前的自己。

「對我來說，五分鐘是彈奏一首歌的時間，但是對他們而言，這五分鐘卻是他們靈魂自由飛翔的重要時刻。」小肆說。

哪怕只是一分鐘，放下束縛，靈魂就能飛翔。

11

「妳這麼無役不與，怎麼不乾脆連工作都請假，直接跟他們下高雄算了？」坐在車上，江涵予問我。

本來中午跟小肆一起搭公車到安坑的半山邊，去教養院聽院生們唱歌的，但「黑色童話」晚上在台中還有演出，所以時間一到，阿春仔他們開著箱型車來接小肆，從附近交流道就要直接上高速公路，無奈之下，我只好在那兒跟他分開，樂團啟程南下，而本來要自己搭車回去的我，則在教養院對面的公車站牌邊，意外發現江涵予剛從裡頭走出來，而且院長還陪在他旁邊，兩個人有說有笑地走到大門外停放的整排車子旁。

「說別人無役不與，你自己還不是一樣，怎麼不乾脆也跟著，去台中拍他們表演？」

「我又不是樂團專屬攝影師，別鬧了。」他手握方向盤，順著小徑往山下走，說：「雖然因為『黑色童話』的緣故，我才有機會接觸更多值得拍照的環境或場合，但那可不表示我就是他們的死忠樂迷，要陪著全台灣走透透呀。今天我拍照的主角是那些唱歌的小朋友，不是彈吉他的小肆。」

「你不是死忠樂迷，我也不是呀。」我說：「我是小肆的女朋友。」

「妳？」納悶著，江涵予轉過頭來看著我，還差點因為分神而撞到路樹。

本以為他只會載我到附近的捷運站，沒想到一路往台北市開，一聊之下才曉得，江涵予住的地方就跟我家在同一區，但差別是我那只是租賃的房子，而江涵予則是道地的台北人。

「怎麼，連你也要投下反對票，是嗎？」聽我說出「女朋友」三個字，江涵予臉上露出哭笑不得的表情，然後接連搖頭。

「反對票？我幹嘛反對？」他頭搖得更用力了，聳個肩，說：「妳喜歡跟誰在一起，不都是妳的自由嗎？關任何人屁事？」

「這話說得好，光憑這句話，我就應該去報名上你的電腦課。」我大加讚許。

「從妳說出這句話起，我每天都會去補習班櫃台查詢報名表，一直等到妳付錢為止。」他點點頭，又問我為什麼喜歡小肆。

「因為沒有界限。」難得遇到知音，我不假思索地說：「我每年按時繳稅、從不闖紅燈，而且從小到大沒有蹺課或遲交作業的紀錄，甚至每天一早，起床的第一件事就是摺好棉被，你知道那種規律到每天進公司的打卡時間都維持在八點五十分的可憐蟲，活得有多麼辛苦嗎？就是因為這樣，必須每天穿著制服的人，才特別嚮往沒有界限的生活。」

「除了繳稅是不得已的事情之外，其他的那些，都是別人勉強妳去做的嗎？」他輕描淡寫地說：「妳爽的話，公司隨時都可以請假吧？貴公司有那麼脆弱，一天沒有妳就面臨倒閉嗎？棉被不摺又不會死，遲到一下也無傷大雅，就算闖紅燈又怎樣？半夜三點，路上都沒人，難道妳還要停下來等綠燈？妳等綠燈再過馬路，難道就不會被車撞嗎？」

「行人闖紅燈也是違規行為吧？」我咋舌。

「靠，那也才罰三百而已！」他居然比我還大聲。

我差點笑出來，忽然有一種似曾相識的感覺，但隨即也恍然大悟，是呀，儘管手上的東西不同，但江涵予跟小肆應該算是差不多的那一類人吧？他們都活在自己的主觀世界裡，用自己的眼光看世界，小肆拿的是樂器，透過樂器表達觀點；江涵予手上的東西則是相機。處世態度都差不多，難怪想法也都很雷同，都沒把這世界的規則當一回事。

「老實說，這陣子以來，我常聽到反對的聲音。」車子開到我住的公寓樓下，天都已經暗了，本來覺得難得遇到知音，好像可以多聊幾句，以感謝他的鼓勵，或者請他在附近吃個飯的，但我們畢竟不算熟絡，這樣好像有點造次，所以我只是再三表達謝意。要解開安全帶，準備下車時，我對江涵予說：「幾個要好的朋友，大家都很反對我跟小肆交往，再不然也是抱持著保守的態度，不願給我什麼鼓勵，所以你今天的支持，讓我覺得很感動。」我客氣地微笑。

「等等，」江涵予忽然眉頭一皺，就在我即將打開車門之際，他突然搖頭說：「我什麼時候說過自己支持妳跟小肆交往了？」

「啊？」我愣了一下。

「葉小姐，妳是不是誤解我的意思了？」江涵予不斷搖頭，他說：「如果沒有老糊塗的話，我記得自己一路上說的，都是戀愛的絕對自由理論，叫妳順著自己的心意去做而已，但從頭到尾，我可沒說我支持妳去愛小肆喔。」

「可是……」我想解釋點什麼，然而江涵予手一揮，打斷我的話頭，卻說：「我只告訴妳，要不要愛一個人，是妳自己決定的事情，輪不到別人來插嘴，但相對的，我也要提醒妳，因為不讓別人有置喙餘地，所以愛情裡所有的痛苦，妳就沒有抱怨的立場，必須自己去承擔與承受，只能如人飲水，冷暖自知。今天妳可以把我的理論套用在任何一個對象身上，那都說得過去，但妳如果問我是不是支持妳跟小肆，那我不會做正面回答。」

「為什麼？」我不懂他的邏輯，既然抱持戀愛絕對自由的理論，偏又說他不支持我喜歡小肆？

「因為我跟小肆不算交心，對他的了解只維持在工作與興趣上，私人的部分我不是很清楚，對妳則更加陌生，關於你們到底適不適合的問題，很抱歉，我不能貿然投這一票。」他說。

我覺得江涵予是一隻狡猾的狐狸。他一邊高唱絕對自由的論述，但一邊又謹慎小心，不肯讓我對號入座去套用在小肆身上，一整個就是維持在空中閣樓的夢幻高度，這實在太奸險了。一邊想著，我洗過澡，接到小肆打來的電話，他說車子剛開到台中，一群人下了交流道，正在吃太陽餅。笑著，我預祝他們今晚演出順利，同時也提醒他們最好輪流開車，以免疲勞駕駛會造成危險，而小肆則叫我早點睡，他說下星期六，如果沒有安排任何節目的話，要我陪著去一趟寶藏巖，說著，他旁邊傳來一群人的笑鬧聲，大概是特產點心吃得正高興吧，好像是包租公的聲音，他嚷著說要吃掉小肆的那一份，結果我最後一句「我愛你」來不及說出口，他已經掛了電話。

而電話掛斷時，我為這群看來根本都還幼稚得很的大孩子們嘆了口氣，腦海裡卻浮現傍晚時分，江涵予在我關上車門前說的幾句話：「這世上沒有不痛苦的愛情，既然選擇了愛，就也得要概括承受愛裡的痛，祝妳好運。」

沒有人可以只要愛情裡的快樂，卻拒絕接受痛苦的。

那三個多年來跟我一路相伴的女人，她們對我的愛情故事雖然懷抱高度好奇，但不約而同的，卻又同時不帶樂觀，小蔓更是直接，她問我到底是基於什麼理由，會愛上一個跟自己所處的世界相距十萬八千里的男人，那當時我回答不出來，也不想回答，因為這世界上如果有什麼事情是理性與邏輯所無法解釋的，大概只有三件事，頭兩樣是外星人與靈異事件的真實性，第三項則是愛情。

而就算江涵予那隻狐狸出來攪局了一下，也同樣沒有對我造成負面影響，我只是記得他告訴過我的，那些關於愛情裡的痛。這些痛會伴隨愛而來，沒有豁免餘地，怕痛的人就別愛了，如果要愛，就得承受著痛；而要不要愛，是自己決定的事情。但我在想，會有什麼痛？就算戀愛經驗非常少，但我知道愛情的結果，最糟糕不過失戀而已，失戀嘛，誰一輩子不用經歷過幾次？

「妳今天一直發呆。」小肆把我從失神的狀態給喚回來，他從便利商店走出來，手上拿著一小盒不曉得什麼，一邊用筷子不斷往裡面挑揀著東西，通通夾進自己嘴裡後，這才遞過來，而我看得啞然失笑，知道我一向對玉米粒興致缺缺，他居然幫我都先吃掉了，而夾在他腋下的，還有一瓶我常喝的無糖豆漿。

「為什麼我有一種好像被暗示該減肥的感覺？」看著他幫忙插上吸管，我忍不住笑。

「養生保健是上了年紀的女人最不可或缺的觀念。」

「那請問這位小朋友，你晚一點的午餐要吃什麼？」我鼻孔哼著氣問。

「既然是小朋友，當然午餐就吃麥當勞。」他居然朝我比出一個勝利手勢。

原以為會如氣象報告說的那樣，有個適合出遊的好天氣，然而還不到中午，天空已經佈滿雲層，看樣子大概下午就會有雨。早知道台北有個地方叫作寶藏巖，但沒想到原來就在市區不遠，這裡都還不到新北市呢！機車停好，我隨著小肆慢慢往上走，途中他指指點點，帶我看了好幾處裝置藝術般的東西。

「這是個很奇怪的世界，」一邊走，他一邊說：「每一樣東西，拆開之後都是臨時的，但是用這種別開生面的方式重組之後，卻被賦予了永恆的意義。」

「我知道，就是藝術。」我笑著說，而他也點點頭。

那些看似任意堆置的雜物，其實都經過了巧妙的安排，幾個廢棄鐵桶上面被五顏六色的油漆給畫上圖案，它是藝術；一個舊信箱被掛在小山邊朝外的屋角，彷彿透露出某種情感性的況味，那也是藝術，甚至就連矮牆上白漆畫成的拙樸圖案，也為荒廢的建築賦予了生命張力，而我忽然在想，愛情是不是也像這樣？如果沒有愛，小肆還是那個過著他以自我為中心，放浪形骸的日子，當一個永遠都不紅的樂團成員，而我則只是個再平凡不過的上班族，之於這世界，我們都是一種「臨時」的存在，沒有任何值得被記憶的地方，直到我們有愛，才證明了彼此存在的價值。

「妳喜歡這個？」他指著小攤子上，一對非常別緻的小耳環問。寶藏巖原來不只是這些舊東西或老建築改造而成的藝術品，更有好多位駐村藝術家在這裡進行創作，而這也是今天我們來寶藏巖的原因之一，小肆說他有幾位朋友，在週休假期，偶爾會在這裡擺攤，正好可以走走逛逛。

那對耳環的主要素材是古銅色金屬雕刻成羽毛形狀，上面有細緻的刮紋痕跡，搭配細小的鍊子所串成，相當特別，我看了又看，還忍不住拿起來，在自己耳邊比了比，但最後還是放了回去，因為價錢並不便宜，這對手工耳環上的標價居然是一千兩百八。我起初還以為自己看錯，或者是標價有誤，但再一看其他作品，卻發現果然就是這攤位商品的行情，當下只好搖搖頭。

「這對耳環是純手工做的，獨一無二，妳眼光不錯喔。」在我猶豫時，一個女人的聲音從旁邊自遠而近，她很特別，明明是個漂亮的女人，卻剃了短髮，長度非常短，簡直就跟平頭沒有差別。穿著頗具民俗風的長裙跟一件黑色背心，手指跟手腕上都是裝飾品。女孩在攤位邊坐下，儼然就是老闆娘的架式。

「這些都是妳做的嗎？」我問問剛從菸盒裡掏出一根細長的薄荷菸，正在點火的她。

「那些都是她做的。」站在我旁邊的小肆忽然笑著回答，他看看老闆娘，又看看我，笑著說：「這個怪胎拿過兩次國外的工藝設計獎，在美國辦過個人展，如果當年她更堅持一點，也不會淪落到現在這樣子，只能在台北擺路邊攤。」

「媽的你說話客氣點，也不想想老娘當年回台灣的理由是什麼。」女人笑罵著，她瞇眼時有好看的嘴角揚起，笑著，拿下嘴邊叼著的香菸，又對我說：「妳喜歡這對耳環的話，就算妳便宜一點，去個零頭，一千就好。」

後來我終究沒掏錢購買，一來就算去了零頭，但一對耳環要價一千元，未免還是天價了點，再者則是我當場試戴，卻發現自己太久沒認真打扮，耳洞已經開始密合，如果想把耳環戴上去，只怕得再去重打一次耳洞，打耳洞不會痛，可是我這人就是懶。

小肆直嚷著可惜，說耳環看來很適合我，而且那對羽毛造型的耳環，名稱又跟他手上的刺青一樣，都是可以飛翔的翅膀。逛著其他攤位，我忍不住問起這位豪爽的老闆娘為何要剃短頭髮，他說那個女孩叫作阿燕，才華洋溢，而且直來直往，本來是個作品跟性格都很突出的藝術家，可惜因為罹患癌症，只好中斷了自己的夢想，前陣子大概把化療給停了，所以才又重新冒出了頭髮。

「癌症？她還這麼年輕耶？」我詫異。

「人生不就是這樣？」小肆攤手說：「如果拿我們先前所講的話來比喻，阿燕的生命已經是永恆了，至少她的光芒跟熱度已經遠遠超越了肉體所能負載的程度，所以妳如果問她會不會難過，她會搖頭給妳看。」

「你跟她很熟嗎？」

「認識好多年的老朋友了。」而他點頭。

一天下來，我們逛了好多攤子，也拍了不少照片。當天夜深時，我將相機裡的照片檔案一一抓進電腦裡，一邊看，忽然笑了出來，雖然沒幫阿燕拍照，但她超短髮的模樣深烙在我印象中，對比於滿頭長髮，被小山邊一陣風給吹得亂七八糟的小肆，形成強烈的反差。

趁著一天的午休，我特別跑了一趟公司附近的照相館，把幾張我們擠在一起、笑得很開心的自拍照給沖洗出來，還特別護貝過，全都一式兩份，一份我自己收著，另一份則是要給小肆帶著。畢竟能陪他的時間很有限，那至少他獨自一人時，看到照片也可以想我？

「哇，妳整個人看起來好像年輕了十歲。」發現我坐在位置上，眼睛沒注意電腦螢幕，手指也停止敲打鍵盤，楊姊忍不住偷偷湊過來，嚇了我一跳，連手上的照片都掉在桌上。

「這個男的挺帥的，但是頭髮留那麼長幹什麼？」她指著照片問，嘴裡還喃喃自語：

「藝術家果然都怪怪的喔？」

「比起他，這世上還有很多更怪的人，真的。」我沒有騙人，想想阿春仔他們，想想江涵予，甚至阿燕不也是這樣？

迫不及待等到下班，我急忙忙離開公司，就是為了把這幾張照片送去。傍晚五點半的台北，人車擁擠，整個板南線捷運的列車上摩肩擦踵，擠得讓人連呼吸都困難。我在剛剛上車前就打過電話，可惜一連兩通都沒人接，然而套句小肆的口頭禪，我會說那不重要，因為依照他的作息，星期三是放假日，既不用練團，也沒有樂器行的課程，他除了在家睡覺之外，別無他處好去。

一踏出捷運站，我走得很快，也順便在附近的簡餐店買了兩個烤鴨飯便當，不喜歡吃紅肉的我，跟討厭綠色蔬菜的他，唯一一致認可的，就是巷口這家燒臘店，我還特別拜託老闆，千萬記得其中一個便當裡要放鴨腿，那是小肆的最愛。台北呀，你愛怎麼亂七八糟、愛塞成什麼樣子都隨便你了，我拎著便當要去跟心愛的人享受晚餐，再也不想為了你打結的交通秩序而煩惱。

樓下大門一如往常沒有上鎖。本來我是輕快地哼著歌，但爬到一半就開始喘氣，好不容易上了四樓，意外發現公寓鐵門也半開著，再一走進去，小肆居然連房門都沒關上。

「你這跟貼了告示在門口，歡迎小偷來光臨有何差別？」納悶著，我拎著便當，一進來就聞到一股很濃重的菸味，小肆則剛從浴室走出來，又裸著上身，露出身上的刺青，他抓著毛巾正往頭上裹。

「妳沒聞到菸味很重嗎？我開門通風嘛。」他說著，忽然轉身，從角落的矮桌子上拿起一個小紙盒，輕輕拋給了我。

「這是什麼？」

「翅膀。」他笑著說。

那瞬間，我有一種眼眶就快泛淚的感覺。裝在盒子裡的，正是昨天我雖然心動，最後終究礙於價格而買不下手的那對耳環。古銅色的金屬材質，放在鋪上紅色緞面布料的小紙盒中，更顯出它的價值感。我望著耳環許久，心裡迴蕩不已。小肆的收入並不多，他每個月靠表演跟教學，賺來的薪水只怕全都填在房租跟伙食費上，平常總是省吃儉用，除了生活必需品跟樂器相關的支出外，幾乎沒有任何多餘的開銷，結果他卻為了我，買了這對價格不菲的耳環。

我很想抱住他，緊緊地抱著，我想跟他說謝謝，為了這個禮物，更為了他的貼心，但站在那裡，我緊握著小紙盒，卻一步也移動不了。那些感謝與心疼的話語，我一時間有點說不出口，因為站在房間另一邊的小肆可能沒有注意到，他的床上掉了些頭髮，除了那些長髮是他的之外，在枕邊，另外有些不屬於我們的短髮，很短，而我也看到，床頭小櫃子上有個菸灰缸，上頭還有一根燒剩的薄荷菸濾嘴。

「喜歡嗎？」從背後環抱住我，小肆的呼吸聲在我耳邊呵著。

「喜歡。」我點頭。

我在天堂裡品嚐地獄的滋味，又在地獄中聞到天堂的氣息。

13

一步步地往前走，既沒有要去的地方，也沒留意自己走過了哪些風景，我腦子裡都是小肆呼出的氣息，那氣息是如何地讓我矛盾又複雜的心緒漸漸融化，只是，我失去了跟他做愛的勇氣。儘管被他溫柔地擁抱著，儘管靠在他懷裡很舒服，但我就是無法激盪出一絲情慾，反而還想奪門而出。

只有短短的一個白天，他是怎麼去買回那對耳環的？他平常在家也會抽菸，但我很少在他屋子裡聞到那麼濃的菸味，或者說，那不是只來自一個人所抽的香菸？我想在自己腦海裡勾勒出一些想像畫面，以填補並回答自己的問題，他應該是先找出阿燕的電話，跟她約個地方，大概就約在她的工作室吧？小肆騎著機車，去了一趟，掏出一千元來，銀貨兩訖。當然兩個人可能聊上幾句，聊阿燕罹癌治療的心情，聊小肆為了夢想努力的心得，他們都是懷抱藝術家氣息的人，會有類似的想法，所以更能引起彼此的共鳴，這也不足為奇。聊夠了之後，小肆騎上機車，帶著包裝小盒子裡的禮物又回到家，然後等我依照慣例，在星期三下班後來找他。但那枕頭邊的短髮如何解釋？菸灰缸裡的薄荷菸呢？屋子裡太濃的菸味呢？我很想假裝那些都不存在，因為它們超乎了我的編劇能力，所以只好視而不見，但我能嗎？

所以我離開小肆家了，直到走出門前，我都保持著平靜，非常淡定，努力維持自己的表情，沒有任何異狀，我說今天還得加班，只是趁著大家吃晚餐時，趕過來送個飯。說完，幾乎頭也不敢回，甚至也不敢跟他對上視線，唯一露出破綻的地方，是我在門口穿鞋時，因為心急而沒踩穩，所以差點跌倒。小肆丟下手上的筷子，問我是不是不舒服，而我告訴他，很好，很好，一切都很好。

「好妳個屁。」我把自己如何離開小肆家的經過說了一遍，江涵予冷笑一聲，就回了我這句話，而在他抵達之前，我在終於走累了、隨便踏進來的這家小酒吧裡，已經聽從酒保的建議，一口氣喝了四杯龍舌蘭酒。

「我會變成這樣，還不都是你害的？」白他一眼。儘管已經有些醉意，說話也出現了大舌頭的現象，但我右手拿起那一小杯的龍舌蘭酒，先舔舔沾在左手虎口上的鹽巴，然後仰頭乾掉烈酒，跟著又抓起一小片檸檬，放到嘴裡去用力一咬，吸出酸澀的檸檬原汁。熱辣辣的醇酒，搭配著鹽巴跟檸檬，這也是酒保剛剛才教我的喝法。

「到底關我什麼鳥事？妳是不是沒帶錢，想喝霸王酒又找不到苦主，所以故意叫我來買單？」江涵予沒好氣地說，他雖然拉過一把椅子，卻滴酒不沾。酒保說這兒每個人都有最低消費，而他雙眉一軒，非常不客氣地嗆了一句：「我他媽的來這裡幫她買單，她喝了多少杯，難道還不夠付老子的低消嗎？」抓起空杯，往桌上重重一頓，他說：「再來一杯，快點把這個瘋婆子灌醉，老子還想回家睡覺！」

口口聲聲說自己不想喝，但其實江涵予根本沒開車來，從接到我電話，說在這酒吧裡等他，這人根本就打定主意想喝幾杯的吧？而且他非常不要臉，自己本來喝的是應該一小口一小口品嚐的威士忌，見我龍舌蘭喝得闊綽，居然輸人不輸陣，開始跟我點起一樣的東西，到最後，反而喝得比我還多。

「你說我能不怪你嗎？你說，我真的可以不怪你嗎？要不是你，我怎麼會淪落到現在這地步？」頭昏眼花，但我意識其實很清楚，臉趴在吧台上，我伸出手來，不斷用力拍打江涵予的肩膀，只是每一下都有氣無力，像拖著千斤重的泥沼。從這歪斜的角度看來，我覺得自己揮動的手腕也很像一條被生擒到岸上，正在翻動掙扎的活魚。一邊拍打，我一邊說：「都是你，你說什麼要死要活都得自己扛，不能怪罪別人，又說什麼不管愛誰都可以，只要自己高興就好，害我現在都不敢去找我那些姊妹們哭訴，我要是去找她們，就會變成你說的那種人，那種把快樂留給自己，卻把悲傷留給別人的人，你說呀，難道我今天晚上這麼倒楣，身邊一個朋友都沒有，你不用負點責任嗎？」

「小姐，妳要搞清楚，今天妳男朋友要去跟別的女人勾勾搭搭、曖昧不清，那是妳跟他之間的問題，並不是我叫他去的；妳的朋友反對妳談這場戀愛，也不是我慫恿她們反對的，現在妳踢到鐵板了、觸礁了，那又能怪誰？妳要搞清楚耶，這條魚是妳自己要啃的，魚刺卡在妳的喉嚨裡，難道還能怪到別人頭上嗎？」

「是你說那條魚沒刺，可以吃下去的！」我生氣了。

「狗屎，我只是說妳要吃哪條魚都可以，但是要吃就不能後悔！」他也不爽了。

「但是你沒提醒我那條魚有刺呀！」我鼓起最後一絲力氣，很用力地朝他肩膀搥了一拳。

「那條魚肚子裡有沒有大便，妳會不會吃到大便也他媽的不關我事呀！」他挨了一拳，本來正要喝的一杯酒全都灑了出來，一怒之下，杯子往桌上一擱，轉頭就露出要給我兩巴掌的凶狠模樣，但可惜他沒有機會了，因為江涵予一隻手才剛舉起來，連揮都來不及揮，我自己就已經重心不穩，從椅子上摔下去了。

「挖靠！」大叫一聲，江涵予嚇了一跳，急忙跳下高腳椅來扶我，還問我痛不痛。

「痛。」我點點頭，這一摔好像把酒給摔醒了，我眨了眨眼睛，看著江涵予，手指著自己心口說：「這裡。」

我很努力回想，上一次喝醉是多久以前？那應該是高中畢業旅行的時候，幾個女同學窩在飯店房間裡，有人偷偷買了啤酒回來，我們興高采烈地喝著，結果醉倒了一群人。高中的畢業旅行哪，有一種跟石器時代差不多遠的感覺。從那之後，我牢牢記住了酒醉時噁心反胃又頭暈目眩的不舒服是什麼滋味，從此能閃則閃，即便遇到尾牙之類的場合，頂多不過酒杯碰唇而已，再也不肯喝上半口。

那現在是怎麼回事呢？是因為龍舌蘭酒滑過喉嚨時的熱辣口感中，隱隱含著一股植物的味道，被檸檬片跟鹽巴提出香氣，才讓人不自覺地忘情嗎？或者是第一次走進酒吧，在那種陌生環境中，我被一股熱絡而諠譁的氣氛所感染，在那片迷離而眩惑的氛圍裡，忘了自己酒量奇差的事實？我最後一個清楚的記憶畫面，是半躺在地板上，仰看江涵予的樣子。他臉上有像是要笑，但又沒笑出來，眼神裡略含一點關心與擔憂，不過也有不少嘲諷的意味。

那後來呢？我已經不是很清楚，只記得自己好像是被扛出酒吧的，然後搭上車子，到了某處之後，我又被扛下來。這中間一直有人在耳邊說話，但我聽得模模糊糊，而輾轉的過程中，好像吐了不只一次，我也記得自己似乎不斷說著什麼話，那不是意志能夠控制的，我幾乎是不由自主地張開嘴巴，一句接一句不斷地說著，但到底說了啥，我已經沒有印象，後來好像有人拿了水瓶遞到嘴邊，我也依稀喝了好幾口。

「這是哪裡？」當我再次能夠把話說完整時，是因為屁股好痛而醒來，睜開眼睛，發現自己坐在堅硬的樓梯上，頭倚著欄杆，不只屁股痛，我連頭也很痛。

「昨天那家店賣假酒嗎？妳喝傻了是不是？」江涵予就坐在我旁邊，他頭靠在牆壁上，本來也睡得不醒人事，被我拍了兩下，而我又問了一次之後，他揉揉眼睛說：「這是妳家公寓的樓梯耶？」

「為什麼你讓我睡在這裡？」我的背部又痠又疼，膝蓋也因為長時間彎曲而僵硬，「都回到家了，你幹嘛不讓我回家睡覺？」

「葉心亭妳是無賴嗎？」江涵予的精神恢復得可真快，他瞪我：「鬼才知道妳住幾樓，上次送妳回來，也只送到樓下，難道我要從妳包包裡掏出鑰匙，逐層逐戶去試嗎？萬一被當成小偷怎麼辦？」

江涵予說得理直氣壯，反倒讓我一愣，這好像也頗有道理？我想了想，又問他昨晚到底發生了什麼事，我究竟是如何回到這裡的。

「喔，那發生的事情可多了。」他很認真地點頭，但隨即露出不懷好意的笑容，讓我大吃一驚，急忙低頭檢查自己身上的衣物。「看現場錄影比較快吧？有影片跟照片，妳要先看哪一個？」他嘿嘿一笑，拿出手機，就要點開檔案讓我自己瞧，那瞬間我整個怒氣勃發，難不成這傢伙對我幹了什麼見不得人的事，而且還打算錄影要脅？往常總在電視上看到什麼撿屍的新聞，莫非今天我就成了其中一個受害者？

有點畏懼，但沒辦法，都到這地步了，也只好硬著頭皮看一下，然而我一湊過去，他手機裡拍的哪是什麼性侵畫面或裸照，居然是一張又一張我賴在酒吧的地板上、路邊的人行道上，以及騎樓邊撒野或嘔吐的難看樣子。我瞠目結舌，幾乎不敢相信，如果不是影片裡那個人的五官長相以及衣服都太過熟悉，我簡直要以為那肯定是別人，而江涵予果然不愧是攝影師，影片跟照片都拍得既清晰又生動，連我眼淚、鼻涕跟口水沾滿臉的樣子都一清二楚。

「你拍這種照片做什麼？」儘管不是裸照，但也沒有讓人舒服到哪裡去，我立刻又瞪他。

「不拍照，不然我還能幹嘛？站在那裡等妳發酒瘋也是一件挺無聊的事，當然只好拿手機出來拍拍。」他聳肩說：「妳喜歡嗎？我傳給妳？」

「免了。」我哼了一聲，但忍不住還是再摸摸自己身上的衣服，想確認一下，是否一切都還完整，一邊檢查，我又問：「你真的沒對我做別的事吧？」

「我說沒有，妳不會信；我說有，這又不是妳希望聽到的答案，那我還能說什麼？」站起身來，伸個懶腰，他大概也累壞了，滿臉憔悴，卻對我說：「把照片拍下來，是讓妳自己看看那有多失態，又有多危險，萬一下次妳又喝成這樣，妳覺得撿屍的男人會拍這麼好笑的照片而已嗎？」

我默然。

「為了表示懲罰，我會把它們沖洗出來，做為下次攝影展的系列作品之一。」說完，他很認真地把手機收回口袋裡，然後就要往公寓門口走去。

「江涵予！」我急忙大叫，但原本的氣急敗壞卻在他推開那道紅漆斑駁的鐵門時，忽然消餒下來，我有點微弱的聲音，問他：「我現在該怎麼辦？」

「我有些很可憐的學生，程式運用的證照怎麼考也考不過，一天到晚浪費報名費。每次看到他們要報考，我都很想勸那些人放棄，因為站在投資報酬率計算的觀點，他們都欠缺停損點的設置觀念。」江涵予嘆了一口氣，說：「但是愛情不一樣，停損點的理論並不適用，妳能做什麼，也只有妳自己知道。」

「難道我還能繼續下去嗎？」

「從頭到尾，妳雖然說了很多亂七八糟的內容，我聽了半天，也隱約明白到底發生了些什麼事，但不管怎麼樣，還是老話一句，妳要不要愛一個人，難道是由別人來決定的嗎?」他淡淡一笑,走出了門外。

愛不愛,是自己決定的;痛不痛,也是自己才會懂的。

人們以為用辛苦可以換幸福，
卻往往在謎底揭曉時，只得到孤獨。

他們說，寂寞是比較而來的，

一段走來忽然變得好遠的路、一齣變得好漫長的老電影，

還有一張原來如此空虛的雙人床。

而我看到，一抹捷運車廂玻璃上，倒映的身影。

15

在機場會合，當徐經理把她手上辦好的登機文件，連同護照跟台胞證一併交給我時，我翻開來看了看，感嘆地說，難得一次出國，如果可以的話，我真的比較想去幾個理想中的國家，而不是去中國大陸的分公司洽公。

「妳應該還有一句潛台詞沒說出來，」徐經理笑著說：「陪在旁邊的最好能是男朋友，而不是一個老女人。」

「這句話是妳說的，我可沒這麼講。」我趕緊撇清。

「妳的表情已經出賣妳了，孩子。」拿護照在我頭上輕敲了一下，她說。

飛機升空後，比我想像的還要快，空姐很早就送起飲料。徐經理說她最不喜歡飛上海，因為班機航程時間很短，毫無出國的感覺，在起降前後，消磨於機場的時間，都比真正坐在機艙裡的時間還要久，「趕快喝，不然待會餐點就送上來了，東西送來後，妳最好也吃快點，因為飛機很快又要準備降落，媽的不知道在趕什麼時間。」她沒好氣地說。

徐經理管理業務部的時間很久，少說大概十幾年應該有了，等於是這家公司成立之初就有她的存在。幾年來，我們的業務不斷拓展，都是她立下的汗馬功勞。年過五十，家裡沒給後顧之憂，幾個小孩都各有一片天，老公也樂得在家提早享受退休生活，整天種花餵狗，好幾次我還看見徐經理的老公來公司幫加班的妻子送便當，已經兩鬢斑白的他，對事業心那麼重的另一半似乎沒什麼怨言，反而還相當支持。

在飛機上，徐經理又交代一次，這趟去上海，跟分公司的業務需要討論的事項繁多，原本都是獨行俠的她，終於也有了分身乏術的時候，偏偏我們業務部裡的那些女人們，誰也不想多花點時間在額外的負擔上，像楊姊她們，加班其實等於話家常的時間，可以甘之如飴，但要她們收拾行李陪主管出國，她們躲得可遠了。

「記得呀，看到那些趾高氣昂的傢伙，妳不用太客氣，畢竟我們才是總公司的人，決策權在我們手上，不管那些人丟什麼球，妳通通都接下來沒關係，回去之後我們再慢慢討論。成立海外事業部這件事是勢在必行，但要怎麼弄，還是我們說了算。」徐經理顯然已經成竹在胸，她說：「手段拿一點出來，別光挨打。」

我聽著都笑了。看著眼前這位縱橫業務沙場多年的老將，忍不住在想，是什麼力量的支持，才讓她好多年來依舊活力十足？平常在公司，徐經理就是渾身充滿幹勁的模樣，永遠朝氣十足，說起話來又快又狠，對各種業務上的毛病總能一言針砭，楊姊就曾搖頭納悶，說這個人好像從來沒有覺得累的一天。

「還有呀，前幾天我跟老總開過會了，之後業務系統擴編，基層主管會有更多升遷的機會。妳還年輕，趁現在睜大眼睛，該學的都學透徹了，這家公司很有妳發展的空間。」徐經理說。

「我可不想當女強人。」我又忙著搖頭，說：「雖然這話不太應該跟主管說，但我真的覺得，比起盯著那些貨號，我寧可花心思去盤算，到底晚餐該煮什麼給我老公或小孩吃。」

「傻子說傻話呀？妳不是還沒嫁人？」她笑著問，而我點頭，「有男朋友嗎？」她又問，而我沉吟了一下，說算是有。徐經理「嗯」了一聲，說：「『算是有』，就等於沒有，既然這樣，妳就趁現在下定決心，一定要找一個比妳愛他而更愛妳的男人，那不就解決所有問題了？」

「啊？」我愣著。

「誰比較愛誰，誰就負責去煮晚餐呀。」她大笑。

上海分公司的業務幹部們沒有想像中跋扈難搞，大家反而接二連三地跟我抱怨徐經理的強勢。除了花點時間跟大家聊上幾句，安慰安慰他們之外，倒也沒有特別棘手的問題。我們在上海要待三天，離開台灣前，我打過電話給小肆，他也正忙得不可開交。都怪香腸擅自作主，接了台東縣政府舉辦的活動，卻又忘了告訴大家，倉促之間，每個人都只得放下自己手頭上的工作，趕緊打點行李，並且聚在一起練習，好準備演出。小肆說表演雖然只是短短幾首歌，但既然要去台東，也要跟樂器行請假了，阿春仔提議大家不妨多花點時間，多停留幾天，從當地的風土民情中汲取創作靈感，也許可以有更多收穫。大約是跟我同樣時間離開台北的吧？我一早上飛機，他則是搭上箱型車，啟程繞行北台灣，要一路前往東部。

喝醉之後的那幾天，我沒再過去找他，電話也維持在最少的一天一通，小肆似乎沒有察覺到什麼，畢竟我的理由很正當，而且也是事實，徐經理就是這麼突然地叫我把護照跟相關證件都交出來，她直接聯絡旅行社，辦妥台胞證、買好機票，就要我陪著一起上飛機。

本來只是很單純的一趟洽公，但在來時的飛機上，徐經理的幾句玩笑話，卻無意間勾起了我一些潛在的矛盾心理。我需要一點時間來冷靜一下，最好能趁這幾天時間，趕緊理出一個頭緒，甚至做出決定。要繼續，或者趁早放棄？是不是我應該戳破這件事，把自己看到的那些都跟小肆說明白？我可以接受他放蕩不羈的人生，可以不在乎小蔓說的那些經濟問題，只單純地為了愛而愛，但我真的無法忍受他跟別的女人上床。我很想這樣跟他談，但也明白，一旦如此開門見山把話說開，我們其實也等於就玩完了吧？可是，不說又怎麼行？於是我換個角度思考，能不能對這件事閉口不談？還把它當成跟吃飯喝茶，或逛街看電影一樣稀鬆平常的休閒活動？這是什麼屁話？我從小到大讀了那麼多書，沒有一本課本告訴過我，說人跟人上床做愛也算得上是休閒活動。而思來想去好半天後，我又猛然驚覺，直接分手竟是我一直下意識就沒考慮過的選項。

「妳看起來怎麼活像三天就老了二十歲的樣子？」當洽公行程結束，我們來到機場，跟那些送別的分公司幹部們揮手道別，通關之後，一邊在免稅店裡瞎走，徐經理忽然問我，她說又不用喝酒應酬，每天開完會就自由活動，我到底跑到哪裡去鬼混，居然可以黑眼圈這麼濃重。

「其實我一直在想一個問題。」琳瑯滿目的商品陳列眼前，這一家賣的是各種巧克力跟紀念品，我知道小肆很愛吃金莎，因為有一回我們在便利商店買了三顆一組，各分一顆後，為了最後一口該讓誰吃而爭執不下，最後只好靠我放水，才讓他猜拳獲勝。看著金莎巧克力禮盒，再看看隔壁菸酒專賣店裡，那兒也有小肆抽慣的香菸，我問徐經理：「愛一個人比較辛苦，又要包容，又要付出，還得承擔很多讓人不開心的感受，對不對？」

「照妳這個觀點，當然是沒錯啦，比起被愛，愛人確實是比較辛苦一點，」徐經理點點頭，她剛拿起好幾樣小東西，全都往手裡的籃子裡擺，那些都是她要買給老公、孩子的禮物，一邊拿，她一邊說：「但愛一個人除了辛苦之外，當然也有幸福。」

「有比被愛還幸福嗎？」我問。

航班一樣很快抵達，落地時，我嘴裡彷彿還嚐得到飛機餐點的味道。徐經理的老公已經來接，不但順道把我載回台北，還把我放在離家很近的捷運站。在機場外面，我看到她老公一直抱怨，為了接老婆，他得錯過多少跟花草相處的時間，也沒辦法出去遛狗，雖然囉嗦個不停，但奇怪的是他臉上沒有絲毫不悅，反倒洋溢著一股歡喜的模樣。

跟他們道別，拎著行李走進捷運站入口，順著手扶梯下來，依然是醒目的告示牌，兩旁反方向的月台，又一次逼得我做選擇。

小肆還沒回來，每天晚上我們都會打通電話，報告彼此的工作情形，他說表演很順利，而在活動後，就是阿春仔最期待的旅行取材時間，因此預計要多待兩天，也就是說，他會比我晚一天回到這城市。昨晚，我人在飯店裡跟他講電話，小肆還說他在台東的民宿裡留下了一點祕密，等哪天我有空了，他要帶我去看。說話時，他心情很好，看來自始至終都沒察覺到我的思緒起伏。

我長長地嘆了一口氣，在回家的方向這邊，月台地板有紅色小燈閃爍，列車進站，我看著人們魚貫而出，又看著排隊的人潮依序進入，然後鈴響，然後車門關上，而我佇立原地，低頭看看自己手上的紙袋，那是一大盒金莎巧克力，以及一條香菸。

「本來就幸福的，那當然是幸福沒錯了；但本來可能不讓人開心的，卻也因為愛，於是就變成幸福了，所以這可是雙倍的幸福喔。」徐經理在上海，在機場免稅店裡，她得意地說：「這不是我瞎掰，是我老公自己說的。」

因為愛，所以什麼都幸福。

16

生活像走在軌道上，永遠只有單一的方向，沒有岔題的機會或必要，因為日子總要過下去。儘管有些不確定感，讓人偶爾會有彷彿飄浮半空中的迷惘，但打了卡就是上班跟下班，我沒有太多好分心的餘地。

「真的不去嗎？」沒再叫我去相親，楊姊繼健身房後，最近迷上瑜珈課。

「饒了我吧。」我苦笑著起身，走向會議室。

昨天，我終究還是搭上了往小肆家那方向的捷運。他還沒回來，我也沒他房間鑰匙，不過他四樓房間外面的鞋櫃，通常也都是房東代收掛號或快遞後，會放置郵件的地方，反正出入的人少，也不怕東西被偷，所以我把裝著巧克力跟香菸的紙袋擱在那裡，然後才回自己家。到了今天中午，我剛趴在桌上要午休，手機忽然響起，小肆興高采烈地說他已經看到禮物，正歡天喜地，想問我晚上是否有空，他要我陪著一起拆巧克力。

沒有答應，我說晚上可能要加班開個會，本來那只是推託之詞，除了業務部本身的小型會議討論之外，我在公司還沒有重要到必須加班開會的程度，然而不撒謊還好，說了就一語成讖，下午四點多，徐經理打分機過來，叫我傍晚多留片刻，跟她一起彙報這趟出差的考察內容。

拖到晚上八點多才離開公司，我只覺得全身無力。自從上次跟江涵予去喝酒後，我彷彿一夜之間消耗掉自己存蓄多年的身體精力，變得動不動就喊累，再加上去上海幾天，儘管飯店很舒適，但人在異鄉，難免睡不安穩，所以回台之後，連續兩天的工作情形都不好。

步伐蹣跚地回家，看看手機，這時間小肆應該還在樂器行，他教課至少要教到九點才會結束。要約他嗎？總不能一直隱忍下去吧？可是一直拖著、避不見面又怎麼行？我曾經天真地以為，愛情裡最糟糕的結局不過是失戀而已，但哪裡想得到，最慘的，原來是這種連自己還要不要愛都搞不清楚的局面。懷抱著滿滿但都無解的問題，疲憊地走上樓，卻在我伸手進包包，想摸出鑰匙來打開鐵門時，眼前有東西吸引了我的視線。

本來裝著巧克力跟香菸，拿去小肆家的紙袋，現在出現在我家門口的地上。我打開袋子，裡面是一塊硬紙板，上面用好幾顆金莎巧克力黏成一個微笑圖案，老實說，黏得很醜，不但歪歪斜斜，紙板也破破爛爛，隨便找個小學生，應該都黏得比這更好看；除此之外，還有一小盒雞精禮盒。我愣了一下，還來不及反應，背後忽然傳來叮咚兩聲的木吉他聲響。

「你為什麼……」我嚇了一跳，猛回頭，小肆就坐在往上的階梯邊，所以剛從樓下走上來的我壓根沒有注意到他在那兒。

「去到樂器行，才知道被學生放鴿子了。」他聳個肩，把懷裡那把小吉他秀給我看，說那是今天樂器行才新進的商品，正在特價，所以他忍不住買了一把，還問我好不好看。

說真的，儘管不懂音樂，但我覺得確實很可愛，比一般木吉他小了些，但又比烏克麗麗大一點，圓滾滾的造型很像愛心，而且還是鮮豔的亮紅色。小肆站起身來，走到我旁邊，在我臉頰上輕輕一吻，跟著將吉他交給我，說：「生日快樂。」

「今天不是我生日呀。」我皺起眉頭。

「是我生日呀。」他笑著說：「雖然其實明天才是。」

如果愛情就維持在這裡，那該是一個多棒的結局？我們都不愛吃蛋糕，卻一顆一顆巧克力地拚命往嘴裡塞進去，搭配著甜食的，是我們相偕下樓去買的冰牛奶，他說這是最棒的組合。一邊吃巧克力，小肆拿過吉他，讓我這個安靜的小房子裡，出現難得的音樂聲。沒有歌詞，只有輕慢的曲調，他說這是在台東的海邊譜下來的，雖然並不符合樂團的風格，但他自己很喜歡，還說如果現場有海浪聲的伴奏，應該會更棒。

「你說你在台東留下了一個祕密，是什麼？」我忽然想起，忍不住問。

「是祕密。」他哈哈大笑，「如果直接說出來，那還算什麼祕密？」

也不管我怎麼瞪眼，小肆一邊哼哼唱唱，但又嫌長頭髮東垂西散，影響視線，我笑著繞到他背後，本來想幫忙紮束馬尾的，但想想，乾脆給他打了一條長辮子，結果這傢伙玩心一起，居然抓起辮子不斷朝我呵癢，於是我從後面勒住他的脖子，想逼他乖乖投降，然而他力氣比我大，放開吉他，不但沒有乖乖認輸，反而伸出手來，朝我腰間、胸口不斷攻擊，害得我咯咯笑個不停，差點都快喘不過氣來。

「現在知道誰是老大了吧？」他哼了一聲，而我等的就是這一刻，趁他沒注意，張開嘴就用力咬，叼著他的手臂不放，最後他終於使出絕招，居然要脫我衣服，這才逼得我鬆口。

「再搗蛋就不彈吉他給妳聽。」這回換他瞪我。

「大不了叫香腸彈給我聽，他好歹是正牌的吉他手。」我扮了個鬼臉。

「不想被他女朋友大卸八塊的話，妳可以打電話給他試試看呀。」他笑著說。

不曉得為什麼，這句話讓我忽然大有所感，當下所有玩樂嬉鬧的心情都沒了。我乖乖地坐下，而小肆拿起吉他，這才開始又認真彈奏了起來。這回他沒有哼唱，只是讓曲子的旋律不斷迴盪，聽著聽著，連我的心情似乎都被吸進了一個無止盡的空間似的，慢慢沉靜了下來。我輕輕閉上眼睛，感受著每一個弦音起伏間，他溫柔也溫暖的用心，在那當中，不知道為什麼，我忽然有一種不想再跟自己掙扎或拉扯，只想把那些束縛與矛盾都放下的感覺。

「小肆，」等他彈了兩遍，輕輕放下吉他時，我幾乎是沒有猶豫地開口，但語氣很平靜，問他：「你跟阿燕是什麼關係？」而他一愣，過了半晌，才反問我一句：「那很重要嗎？」

那重要嗎？重要與否，要看從什麼觀點來詮釋這問題，想了想，如果是幾天前的話，我應該會點頭，可是不知道為什麼，今晚，在見到他，也聽完他的吉他後，我卻搖搖頭。

「那妳為什麼問呢？」他問，臉上沒有不悅，但竟也沒有心虛，更沒有生氣。

「你愛我嗎？」我不知道自己接下來還要問什麼，所以只問了這句話。

「當然愛妳。」而他點頭。

「所以那些問題就不重要了。」我輕輕緩緩地呼出一口氣，對於自己沒有勇氣承受的真相，我選擇當一隻縮頭烏龜。一起坐在地板上，靠在他身邊，呼吸著他身上的氣息，抬頭，窗外只看得見漆黑的夜空。我問：「你希望我愛你很久嗎？」

「那要看妳自己，不是嗎？」

「是，但也不是。」我沒有嚴峻的口氣，也不帶警告的意味，我只是慢慢地將自己在音樂中沉靜下來的心裡感受告訴他：「我以前，其實很怕愛情，愛情裡的變數太多了，不是我這種頭腦不好的人能玩得起的遊戲。所以，如果你希望我愛你很久，那有些事情，你就不可以做，不可以像我還沒出現前那樣任性，你懂嗎？我要的不多，也不想限制你什麼，但就只有那件事情不可以。答應我，好不好？」小肆靜靜地聽著，沒有回答，在我說完後，他攬著我的肩膀，輕輕搖晃了幾下。

那天晚上是他第一次在我家過夜。擠在一張床上，沒有不舒服的感覺，我反而因為能夠一翻身就跟他靠在一起而感到滿足。一條小毯子，遮蓋著我們的身子，而他偶爾側個身，將手擱在我的身上時，更帶來一種幸福的感受。

我一直輾轉難眠，心裡轉動著思緒。這房子的空間還算大，如果他要搬來一起住，應該不成問題，而且這裡平常就吵得很，就算加上樂器練習聲，影響也不會太大，反而因為同居一起，小肆可以省下房租，如此一來，手頭相對寬裕許多，正是一舉數得的好點子。

我微微睜開眼，小夜燈照耀著房間，桌子上凌亂的東西都沒收拾，他隨手披掛在椅子上的衣服也沒摺好。說也奇怪，以前我不覺得這房子會帶來空虛的感覺，現在怎麼因為他的存在，就讓空間反而充實了起來？耳邊傳來小肆均勻的呼吸聲，他大概玩累了吧，所以睡得正沉。

再次閉上眼睛，我希望快點天亮，可以跟他提提這個同居的計畫。而且，同居一起還有個好處，我偷偷在想，住在一起，那些不該出現在我們世界裡的女人就沒機會再登場了吧？一想到這裡，我不由得要為自己的好點子而沾沾自喜，也就愈加期待明天趕快到來。

但或許正因為急著想入睡，所以睡意遲遲不來，我接連又翻了幾次身，都覺得有些不自在，一直躺了好久，就在身體開始慢慢放鬆，意識也漸漸模糊之際，偏偏耳邊又傳來手機震動的聲音，而且說巧不巧，還是兩支手機一起動作。

那個半夜不睡覺，非常該死的江涵予透過手機傳來一張照片，照片中是一支白酒，他說那是貨真價實的名酒，來自法國的什麼酒莊，頂級限量，最適合失戀的女人，因此他特地傳照片來炫耀，還說要把酒送我。這傢伙……我在心裡罵了句髒話，隨手將訊息給刪了，誰想喝那種充滿倒楣詛咒的白酒呀？我把電話扔回桌上，卻看見小肆已經醒來，他拿起自己也有來電的手機，按下接通，卻一句話都不說，在電話螢幕的微光下，他不知是睡眼惺忪，還是電話裡誰說了什麼事，只見小肆臉都揪在一起。

「現在時間是台灣的凌晨一點半，但你應該還沒睡吧？」隱約中，我聽到他手機裡有女孩子的聲音，語調輕快地問。

「剛睡，怎麼了？」小肆懶洋洋地回答。

「生日快樂！」電話中的女孩大聲而開心地說：「不過很可惜，我趕不上幫你慶生。飛機回到台灣的時間，大概也是半夜，你有空來接我嗎？」

「不知道，要看狀況。」他有些煩躁地回答。

「好，那我上飛機之前再打給你！」不囉嗦，一說完，那女孩掛了電話。

我面向著小肆，縮在他的懷裡，一直沒有探頭，也沒有發出任何聲音，直到他結束通話，直接將手機電源關閉，擱到一邊去後，又過良久，我很低的聲音問他：「是你朋友嗎？她在國外？」

我不相信小肆在講完電話後會立刻睡著，但他遲遲沒有回答，而從他沉重的呼吸裡，我彷彿可以感受到他心裡的為難。

「我女朋友，她在英國讀書。」幾不可聞的聲音，卻一字字刺穿了我的心臟，我聽到小肆說：「她這兩天就會回台灣。」

愛情裡最諷刺的是，最想讓競爭者出局的人，才是最該出局的那個人。

我本來就不是容易熟睡的人，大部分時候的睡眠都很淺，再加上小肆睡前接到的那通電話，更讓我思緒紛亂，好不容易挨到快天亮才漸漸睡著，而桌上，我的手機的鬧鐘鈴響不到兩聲，又把我給吵醒。

小心翼翼地下床，每一步都踏得極輕，我在灰濛濛而不開燈的房間裡，逐一將衣服穿好，然後走進浴室盥洗。時間是早上八點十五分，因為拉著窗簾，外面光線照不進來，所以感覺好像天色未明。我在拎起包包準備上班前，看看這個還睡在我床上的男人。他面牆而臥，睡得很香，對小肆這樣經常晝夜顛倒的人來說，早上八點大概跟一般人的凌晨三點一樣，都是正好眠的時間。

我很想叫醒他，跟他多說幾句話，但想想作罷，一來不忍心打斷他的睡眠，二來是我不知道叫醒他之後，兩個人要聊什麼，或者說，還有什麼可聊。拿起便條紙，連幾句話都寫不出來，最後只能很簡單地留下「幫我把門反鎖」這六個字。放輕腳步，慢慢走下樓，推開公寓鐵門時，外頭陽光耀眼，我瞇了瞇眼睛，稍微適應一下，忽然驚覺，要把真實看得太清楚，原來是一件這麼不舒服的事。

整天都無精打采，楊姊問我是不是身體不舒服，順水推舟，我乾脆點頭，說大概是因為那個來了，有點貧血。

「要叫男朋友給妳補一補了。」她說，而我想起小肆昨天為我帶來的一盒雞精，只能苦笑點頭。

整個早上，小肆都沒有傳訊息或打電話，他還沒睡醒嗎？又或者也跟我一樣，儘管想說點什麼，卻又找不到話說，所以乾脆不聯絡？我在午休時躊躇著要不要主動打電話，也許可以故作無事般，只是問他起床了沒？順便提醒他該吃午餐？甚至可以堅決一點，狠下心來，叫他把昨天帶來的禮物，連同那把紅色吉他都帶走，我們大概就只能到這裡了？是呀，結束吧，從今以後，你要跟哪個來路不明的女人約會或上床，都不再需要我擔心，也輪不到我吃醋了，就留給你的正牌女友去煩惱吧，好嗎？我想了又想，電話在手上拿來拿去，最後還是什麼都做不成，只好又放下。

大約是在下午五點半左右，一天即將過去，已經開始準備收拾細瑣，一堆工作也先暫時收尾，就算心情很不好，也別無去處，但我依然不想加班。走進徐經理的辦公室，跟她報告了些今天工作的進度後，等六點一到，我準時起身。

但問題來了，下班要幹嘛？我在天色還很亮的台北街頭發著呆，一個到處都是去處的城市，其實也等於是一座哪裡都去不成的囚籠，因為太多的選擇，往往讓人難以選擇，尤其是像現在這種選什麼都意興闌珊的時候，我甚至連找個地方灌醉自己都興致缺缺。

「她今晚十點到台灣。」百無聊賴中，我在公車站牌邊的椅子坐下，看著一輛又一輛顏色、數字都不同的公車陸續進出，無聊中拿出手機，卻看見小肆大約十分鐘前傳來的訊息。

看著看著，我試圖從簡短的文字中解讀他的情緒，他是帶著什麼樣的心情寫下這則訊息的？我看了又看，看了又看，卻看不出個所以然，這才驚覺，小肆往往很容易就能看穿我，可是我卻完全看不懂他。我在回覆的欄位裡寫了幾句話，想跟他說，那你就好好把握自己的人生吧。寫完之後我刪掉，因為這樣勉勵的話並不符合我的心境；「珍惜你所愛的，你會很幸福的。」這句話寫完之後也刪掉，我想不出有什麼祝福的理由，於是委婉些，我寫：「原來這段愛情裡，最該小心翼翼防範並排除的，是我這樣一個配角。」寫完，我又把它刪了，這文謅謅的話根本看不出意義。

在椅子上坐得煩了，我起身往前走。街邊何時開了這麼多家裝潢或精緻或簡約，而氣氛看來都不錯的小店？如果再早一點發現，也許我可以約小肆一起來逛逛，有幾家餐廳的質感似乎都不差，食物應該也很美味吧？一邊走，一邊看，漫不經心的，我每走幾步，就拿起手機再看幾眼。

「那支白酒妳到底要不要？不要的話，我就自己開來喝囉。」結果江涵予一通電話打斷了我陷入迷宮的思緒。

聽到他的聲音，不知為何，我忽然停下腳步，有一種眼眶濕潤的感覺，這傢伙……我想問他：這時候了，都到這狀況了，你還要對我高唱戀愛絕對自由的理論嗎？如果對方已經有女朋友了，你倒是說說看，你這理論是不是還適用呢？我現在已經被逼到退無可退的牆角邊，眼看著心愛的男人就要去機場接他女朋友了，你還有什麼好建議？我處心積慮想排除所有可能的障礙，結果何其諷刺，小肆的愛情中，最大的障礙原來竟是我本人。江涵予呀，你看現在該怎麼辦？

「喂，妳有沒有在聽呀？」電話那邊傳來江涵予的叫喚聲，把我從紛至沓來的思緒中喚回。

「酒精濃度高不高，能不能一喝就醉？」我想了想，問他。

「酒精濃度的高低只能決定它入口的滋味，醉不醉，看的是喝酒的人帶著什麼心情喝它。」江涵予說。

「那就幫我留著吧，晚點打給你。」嘆口氣，我掛了電話。

我知道，所有掙扎只怕都是多餘的，一切的為難也都是不必要的，我這麼迂迴地繞了一大圈，最終還是免不了要走到終點，而終點沒有精彩圓滿的結局，只有讓人錯愕、傻眼，而且還充滿諷刺的場面，我完全無法想像，這居然是收場的方式，沒有小蔓擔心的長遠經濟問題，更不是因為小肆搖滾樂手通常象徵的負面標籤使然，我們只是很純粹的，跟世俗間司空見慣的愛情故事一樣而已，殊無動人之處，也沒有半點轟轟烈烈的戲劇效果。

手機沒有收進口袋裡，我仰頭，天色終於開始暗了，又是一個華燈初上的夜晚，世界還在運作著，人們依舊忙碌，而我佇立在街邊已經很久。如果，如果這就是結局，那我在被迫收起愛情之際，是否還能有一點資格，去卑微地要求些什麼？倘若眼前已經是幸福的盡頭了，那麼，我能不能在這終點之前，還擁有最後一點什麼？

慢慢抬起腳步，走進捷運站，不往回家的方向，我茫然地擠在車廂人群中，跟著人潮進出，終於來到這裡，並且打了一通電話給他。

「妳怎麼來了？」已經換好衣服，看來一副正準備要出門往機場去的樣子，小肆臉上帶著錯愕。

「可以不要去嗎？讓她自己回台北就好。」我怔怔地看著他，「最後這兩個小時，可以留給我嗎？」

原來人在愛情的盡頭，想要的也不過就只是一點溫暖而已。

18

走在路上，頭頂著炎熱的大太陽，我跟江涵予說，這段愛情要再繼續下去，實在違背我自己的道德認知，而且消息一旦傳出去，我可以想見小蔓珮珮跟若萍她們會有多大的反對聲浪，都不用別人來講，光是我自己，輕易就可以找到十個八個理由來歸納出幸福機率等於零的結論。

「物價指數可以計算，股票趨勢可以預測，通貨膨脹也可以從鈔票愈來愈薄判斷出來，但幸福不幸福，只有妳自己心知肚明。」江涵予不以為然地說：「而且這能算得出來嗎？只怕未必吧？再說，為什麼要把別人的意見當成妳的結論？所謂的甘之如飴，是指嚐在嘴裡的苦味也很甘甜，但那是誰在嚐？」

「是我。」

「那不就對了？別人看起來苦得要命，但妳自己覺得甜就好。」他聳肩。

「你這是違背人類倫常、世俗禮儀、道德規範的離經叛道思想。」我指著他說。

「再讓妳有見他一面的機會，妳會不會想見？」不理會我的指控，江涵予問，而我猶豫了一下，嘆口氣，點點頭，於是他哼了一聲，冷笑地說：「我只是用嘴巴說而已，妳才是會付諸行動的那種人，誰罪惡大些？」

然後我就無言了。

我不喜歡在自己的人生裡出現犯規行為，但奇怪的是，這陣子以來，我的各種言行卻經常逾越自己的管制線，總是這麼毫無預警的，我在不知不覺間，會走著走著，就走偏了原本的道路。

兩天前，我連自己是怎麼去到小肆家的都不曉得，他帶我進房間，我們擁抱、親吻，在纏綿中，我不自覺地一直發抖著，他則不斷輕拍我的背、親吻我的臉頰。我們省略了很多話，有些話一說就會說死，傷了感情，也傷了彼此，所以不說也罷。我吻著他時，很難得地睜著眼，在很近的距離中，我看見他輕輕顫動的睫毛，看見他軒昂的雙眉，看見他細垂的髮絲，而他伸出手來，輕輕撥弄那對懸在我耳邊的翅膀。

一直到晚上十點多，他的手機接連響過幾通，我終於鬆開了纏住他後頸的雙手。已經沾染得滿身都是他的氣息了，是不是夠了？凝看著小肆的眼神，彼此對望許久，他只說了一句話：妳該回去了。

那句話，往常我聽小肆說過幾遍，曾經是我賴在「回聲」，看他們練團練到半夜，已經打起瞌睡時，小肆這樣對我說過；也曾經是我在小肆的房裡，在那裡糾纏著，叫他拿著木吉他，一首又一首歌地彈唱。小肆的吉他彈得好或不好，這我不清楚，但就是簡單幾個和弦，搭配幾個單音，再加上他偶爾忘詞的吟唱，那對我來說，已經是最美好的旋律。幾乎把自己會的曲子都彈完後，已經超過了我平常的睡眠時間，小肆就會對我說：「妳該回去了。」以前我不覺得這句話還有弦外之音，但今天這短短幾個字卻格外深刻地刺進了心口。我該回去了，我回去之後，是不是就再也不該來了？

自始至終都沒哭泣，眼淚反倒是在捷運車廂裡落下，而且是從車廂玻璃的倒影中，我才看到自己流淚的樣子。小肆家裡本來就沒多少我的東西，也無須另外整理。我拎著包包，穿著公司的制服，一切都回到本來的面貌，差別只是以前的心是活的，但現在已經死了而已。

我回到家之後，沒有心情洗澡或做任何事，我嗅著房間裡的氣味，除了擱在桌上的巧克力，以及牆角那把紅色愛心形的吉他之外，再沒小肆來過的痕跡。坐在床緣，我忽然坐得好心慌，深怕這種孤單會將自己牢牢困住，把我拖進一個窒息的深淵裡，而想著想著，我突發奇想，或許我應該下樓去買包菸，買一包小肆抽慣的香菸，這樣，我就可以在房間裡時時品嚐他的存在感。

「妳哪時候學會抽菸了？而且那根本不像是女生會抽的菸。」我連打火機都一次買好，快步來去，急著要回家，想趕緊點著一根香菸，好紀念我剛死去的愛情。然而卻在公寓樓下看見一臉詫異的江涵予，問他來幹嘛，他捧捧手上那支白酒，說晚上在電話中聽我語氣不太對，有些擔心，想過來瞧瞧，順便拿酒給我。

「沒事就好，妳如果覺得抽根菸會讓心情好一點，那妳就抽吧。」江涵予聳肩說：「比起愛情的殺傷力，抽根菸是死不了人的。」說著，他把白酒交給我，轉身真的就要離開。

「謝謝。」我急忙跟他道謝。

「希望再過一個星期，等我回來之後，妳還四肢健全，好好地在呼吸著空氣。」他說，而我納悶，問他是不是要去哪裡旅行。江涵予點頭，「補習班的課程剛告一段落，我想去環島。」

「環島？」

他點點頭，右手食指按按，我知道那指的是拍照，跟著他右手做了個轉一轉的動作，我還沒搞懂前，他說：「騎機車。」

有人說，療癒一段情傷，最好的方式就是趕快再開始下一段新戀情，但我既沒這種膽量，也不覺得這麼膚淺的見解會是最好的辦法，況且，除了江涵予之外，我認識的男性幾乎都是公司裡的同事，對那些傢伙，我一點都不感興趣。

所以我選擇了不同的方式，至少健康一些。那天晚上，拎著白酒上樓，把酒瓶擺在桌上，而我坐在旁邊，透過圓形的瓶身，看出去是帶著淺淺的黃綠色、扭曲的這個世界。我看了又看，看了好久。並非因為這樣觀察房間擺設是有趣的事，而是我深怕自己一旦轉移注意力，就會忍不住伸出手拿手機。已經很晚了，小肆的女朋友應該抵達台北了，他們這時間在幹嘛？我不敢想，就怕一想下去會沒完沒了，痛苦沒完沒了，眼淚也沒完沒了，但就在這瞬間，我忽然又苦笑起來，「小肆的女朋友」？幾天前，這還是我的代名詞呢，才多久時間而已，一張椅子我還沒坐熱，也好不容易趕走了覬覦這位置的其他人，結果，頭一轉，真正的主人忽然出現，然後我就被人家從這張椅子上給踢下來了，一切都荒謬得無以復加，也讓人措手不及。

「你哪時候要走？」最後我還是拿起電話，果然沒有簡訊、沒有來電，全世界像是把我忘了似的，再沒人跟我聯絡。

「走去哪裡？」江涵予的聲音裡透著茫然。

「環島啦。」我沒好氣地說。

「問這幹嘛？」

「我在想，如果有個充裕的緩衝時間，也許夠我把手頭上的工作處理好，也可以跟主管商量商量，讓我放個特休假。」

「妳開玩笑是吧？」電話中傳來江涵予誇張的語氣。

「帶我去，好不好？」而我的聲音雖然平靜，卻非常認真地說：「我覺得，似乎已經到了一個該出去走走的時候了。」

幸福是動詞，也是形容詞，更是無法計算的名詞。

19

我原本以為，江涵予這種也帶著不少藝術家特質的人大概會跟小肆一樣，騎著又破又舊的那種打檔機車，然而我錯了，眼前這輛車不但潔淨新穎，而且還掛著重型機車的黃色車牌。江涵予說他之前猶豫許久，最後還是下定決心，花了點積蓄，買下這輛可以載著他上山下海，到處去拍照的機車。

「我以為你可能會騎著一輛破爛的野狼機車就說要去環島。」我背著小小的背包，一臉詫異地說。

「如果妳願意承擔隨時得下來幫忙推車的風險，」江涵予真的點頭：「我是真的還有另外一台舊的打檔車。」

「真的？」

「是呀，但那是我爸留給我的遺物，大概三十年沒發動過了。」他很認真地點頭，問我：「想要嗎？喜歡嗎？我願意割愛送妳。」

「謝謝，但姊姊我自己有錢，可以搭計程車，沒關係。」我白他一眼。

起初，我以為江涵予是不願意在環島旅途中有人作伴的，因為他把本來應該充滿新奇與歡樂的旅行，說得好像苦行僧的行腳之旅，一副想把我嚇跑的樣子。但在啟程後，我才知道這一切都是真的。

從台北出發，才剛過板橋就下雨，我們各自穿著雨衣，但雙腿還是被淋濕，好不容易騎到大溪，下半身都已經濕透，踩在地上，鞋子還能滲出水來；而跑到便利商店換上短褲跟拖鞋，偏偏又開始出大太陽，坐在機車上，雙腿直接曝曬在炙熱的陽光下，我有種自己很快就會熟掉的感覺。飢腸轆轆的我，原先期望能找個有冷氣的地方，好好吃頓午餐的，不料他居然走進便利商店，買了兩個御飯糰出來，要我站在路邊慢慢啃。剝開塑膠封套，我還在猶豫是不是該當場吃起來，一輛砂石車開過去，風沙已經刮上了飯糰。

他沒有特別要去的地方，沿著台三線迂迴蜿蜒的道路不斷南行，眼前多是丘陵跟田野，江涵予的車速極慢，只要看到喜歡的風景，就會停下來拍拍照。一開始我有些不耐煩，像這樣慢吞吞的速度，以及一再地耽擱，要騎多久才能繞完台灣一圈？但後來我發現一件有趣的事，同樣都帶了相機，素不經訓練的我只能胡亂瞎拍，但江涵予儘管看似信手捻來，拍出的照片卻都頗有意境或氛圍。此時，我從他手上的相機裡看到的，是一張光影反差極大，呈現出金屬紋路與鏽蝕痕跡效果，很蒼涼而灰暗的舊廠房照片，但再抬頭，其實眼前矗立的，也不過就是鄉野間隨處可見的廢棄工廠罷了，而且廠房裡還到處瀰漫著附近養豬場所傳來的臭味。

「我現在開始懷疑，你那些攝影展的照片，到底有多少真實性了。」我不禁搖頭。

「照片都是真的呀，差別是一般人只看到整大片風景的輪廓，而我卻突顯出某一個特寫的焦點而已。」他拿回相機，蹲在地上又拍了好幾張，這才滿足地站起身來，說：「攝影的樂趣，就在於記錄下那些人們過眼即忘的片刻，把它從瞬間變成永恆。」

「永恆了又怎麼樣？永恆只存在於四乘六或五乘七的框框裡，現實還不是這個鳥樣？」我指著飄散惡臭的破廠房說：「搞不好這裡再過不久就會被夷為平地，除了養豬場的臭味繼續飄蕩之外，其他的什麼也不剩下。」

「這世界要不要變成充滿臭味的廢墟，那個我管不著。」他驕傲地輕敲相機，說：「我寧可活在自己的構圖裡。」

第一天晚上，江涵予在啟程前吩咐我記得要帶的小毯子就派上用場了。沒去找民宿或飯店，既然要跟上這趟旅行，一切就只好按照他的規矩。傍晚時，機車騎到苗栗山區的一座大廟前，他進去跟廟方人員打過招呼後，臉上帶著笑容又走出來，說我們今晚就在這裡過夜。

「我沒看到香客大樓啊？」我狐疑。

「有誰說過要住香客大樓嗎？」他指指廊簷邊，說：「那裡有兩張長椅，一張是妳的，一張是我的。」

我瞠目結舌，看著長椅，好半天說不出話來。江涵予說他經常來這裡，有時廟方舉辦活動，他從不收取分毫，只義務性地幫忙攝影拍照，做紀錄工作，因此跟廟方主委結下好交情，儘管這裡向來沒有收留香客過夜的服務，但他們願意在入夜後，允許我們睡在廟內的長椅子上，如果需要盥洗，一旁還有廁所。

其實不算太晚，只是周遭很安靜，昏黃的燈光下，廟內瀰漫著淡淡的古樸氣息，那是老舊的木造建築，以及薰香環繞所混成的味道，給人一種安定心神的感覺。靜謐中，我雖然因為木質長椅的堅硬而輾轉難眠，卻不因為環境的克難而痛苦，相對的，還有一種心靈正在慢慢沉澱的感覺。

「我給妳一個良心的建議。」一片安靜中，江涵予忽然開口，他說明天一下山，我們會經過三義火車站，如果想反悔，要回台北的話，那裡是個可以考慮的折返點。

「在你眼裡看來，我是這麼沒韌性的人嗎？」我仰望著廟內繁複的天花板木雕紋路，小聲地問。

「那跟韌性無關。」江涵予說：「而是關乎妳放不放得下。」

該說這是一針見血的觀察嗎？我搖頭嘆氣。兩天了，我自以為隱藏得很好，在旅途中，坐在江涵予的機車後座，我努力保持心情樂觀，跟著他相機鏡頭所指的方向，努力搜尋吸引自己目光的每一處風景，盡量投入在那些所聞所見中，想讓自己的心，能隨著身體離開台北，也就此轉移了焦點。然而我失敗了，是嗎？就算騎著機車，或者透過相機的觀景窗拚命找風景拍照，但你還是察覺到了，是吧？

風塵僕僕地繼續往南，江涵予不再跟我聊到那些發生在台北的故事，機車騎到台中跟苗栗的交界處，他忽然轉而向西，沿著河的北岸騎去，從這裡開始，我們轉而濱海，多繞了好大一圈才騎到台中。

不跟我再聊那些，是因為你覺得我可以自己找到應對的角度，或者你認為這些問題已經沒有再反覆探究的必要？我不是十八九歲的小女孩，我知道愛情應該在哪裡喊停，不會笨得把飛蛾撲火當成是浪漫的行為，也知道這一趟旅程，應該可以是我最好的療傷之旅，但問題是，當我們來到東海大學附近的商圈，在燒烤攤子前面，買了幾支串燒，一邊啃著，一邊走過小路上許多店家時，我忍不住還是駐足，往一條巷子看進去。

「他們今天沒有表演。」知道我在想什麼，江涵予說：「但如果妳想走過去瞧瞧，我不介意陪妳浪費一下時間。」

巷子深處的轉角邊，有一家小店，那裡跟台北的「回聲」一樣，都是一樓賣咖啡，地下室則開闢為表演場所。這裡也是其中一個，我曾經陪小肆他們來外縣市表演過的地方。站在黑暗而幽深的巷子外面，我沒有走過去的勇氣，只能望著遠方，怔怔呆立。

「不去瞧瞧嗎？」他忽然又問，但我搖搖頭。手上還握著一支青蔥肉串，可是眼淚已經不爭氣地流了下來，一邊壓抑不住鼻酸的感覺，一邊也怪自己如此無能，怎麼克制了兩天的情緒，在這一瞬間又崩潰了？

「你快點叫我別哭呀。」我忽然轉頭，瞪了江涵予一眼。

「關我屁事，妳要哭死在這裡也與我無關呀。」他反倒笑了出來，兩手一攤，「哭吧，哭到妳覺得夠了，我們就可以繼續往前走了。」他拿過我手上的肉串，直接吃了下去，還說下一條巷子裡有家好吃的鋼杯麵，千萬不能錯過。

「那你再等我一下，好不好？」我抽搐著，一邊哽咽，一邊說：「我保證，今天哭完，以後一定不會再哭了。」

「這種屁話我如果只有七歲的話，我就會相信。」說著，他把最後一口肉串吃掉了。

我的風景是一幅失敗的構圖，只有背對背的我們。

20

仔細想想，原來我從不曾環島過，從小到大，那麼多次畢業旅行，再加上跟小蔓她們幾次女人們的相約出遊，我雖然去過不少地方，卻一次也沒有環島過。對比起來，小肆他們簡直就把環島當成散步，就連去高雄表演一場，也要繞台灣一圈才甘願。可是，為什麼生平頭一次的環台之旅，卻是現在這種心情？為什麼領著我前行的，不是那個本來應該陪伴我的男人？而更荒謬的是，我沒睡到溫暖舒適的床鋪，繼第一天睡在廟裡之後，第二夜，我們直接睡在台中港的港區遊客服務中心門口。

不過我應該感到欣慰了，至少在一路往海邊騎去前，江涵予願意載我去汽車旅館，輪流進浴室沖澡，我仔細地梳開嚴重打結的頭髮，他則把握時間，讓相機跟手機充充電，還有時間看電視新聞。

當江涵予在那個狹窄的浴室裡沖澡時，我坐在床緣，環顧這家旅館的房間，看看那些俗艷的壁紙與假畫，以及環列在牆壁上的玻璃鏡，不管從哪個角度都能看見床上動靜，充滿色情意味的氛圍，床頭邊甚至大剌剌地擺著兩個保險套。我有點茫然，自己未免太信得過江涵予了吧？我們是什麼交情？怎麼我會自投羅網地問他能否帶我同行？而當滿身汗臭髒汙之際，我說想找個地方洗澡時，又怎麼會接受他說「要不就去一趟汽車旅館」的提議？想到這裡，我緊張地吞了一口口水，猶豫著要不要趁現在奪門而出？但問題是我能逃到哪裡去？這是人生地不熟的世界，而且天色已晚，簡直就無路可逃。

上次來到汽車旅館，是跟小肆他們一起。那一回，阿春仔他們幾個大男人擠一間，而我跟小肆則睡另一間。我已經忘了那是在哪裡表演過後，回台北的中途某一處，卻記得那也是裝潢得很俗套的地方，我們沖澡、做愛，然後又沖澡、又做愛，直到兩個人肚子都餓了，這才赤裸著身子，小肆還搬了房間裡的矮凳來權充桌子，我們坐在一看就有點髒的室內地毯上，一人一碗吃泡麵。

「昨天那家汽車旅館裡面有鬼是不是，妳三魂七魄都被勾走了嗎？」我一腳沒跨穩，差點從機車上跌下來，把江涵予嚇了一跳。

「你才有毛病呢。」白他一眼，我說。覺得有點怪怪的感覺，今天在遊客服務中心外面醒來時，他的臉色似乎就有點不太對，老是一副心事重重的樣子，說話口氣也不太好。

機車慢慢往南走，我們在彰化王功沿海停了一點時間，江涵予拍了不少張小漁港的照片，而我則在堤防上發呆許久。這兩三天下來，我開始慢慢習慣，原來攝影師最大的天賦，並不是構圖或什麼相機操作技巧，他們與一般人最大的不同，在於這些人天生就有能夠察覺細微的能力，路邊電線桿下堆放的幾個竹簍，滿滿都是鮮蚵的殼，在我看來就是散發腥臭味的垃圾堆，偏偏江涵予能從中拍出不一樣的畫面。我問他為什麼看著一堆垃圾也能心有所感，他搖搖頭說自己也不知道。

「這可能是一種補償心理吧。」我們一路拍拍走走，花了好長時間才來到嘉義東石，頭頂著大太陽，都已經下午兩點，肚子咕嚕叫個不停，但放眼周遭，似乎沒半個可以吃飯的地方。江涵予忽然回答了一個我幾小時前問過的問題，對於攝影，他說：「因為知道這世界上沒有什麼是能恆常不變的，所以只好多拍一點照片，當這些只存在於眼前一瞬間的風景變成照片之後，就會在一個尺寸裡永遠保留，不會變質。而若干年後，當滄海也變成桑田了，我再拿出照片來，還可以回味當年的模樣。」

「這算不算是一種自欺欺人？」我說：「你明知道真實世界都早已面目全非了，卻還要在一張照片裡回味永恆，而那種永恆只存在於你的構圖裡。」

「說我自欺欺人，但誰不是這樣？」江涵予反駁：「雖然沒有拍下照片，但妳在台中的眼淚，難道不是因為腦海中已經永恆的畫面，跟妳當時在那裡感受到的心情，呈現太大的落差，所以才流下來的？我用一張照片記錄的，是一個當下的風景，而妳用一滴眼淚紀念的，是妳夭折的愛情，彼此彼此而已。」

那幾句話讓我無言以對，登時不知道怎麼繼續辯駁才好，江涵予拍夠了風景，他也站在堤防邊，這時距離夕陽還早，而今天天氣很好，如果再多待幾個小時，應該會有不錯的夕照。坐了下來，他忽然感慨地說：「八年前，我拍過這裡，幾乎是一模一樣的畫面。」

「都沒變？」我說：「這麼幸運，都沒被破壞或汙染？」

「是呀，跟愛情一樣喔。」他忽然笑了出來，「能夠天長地久是一種幸運，只能曾經擁有是一種美麗。」

「那是你這種沒真正愛過的人才會想出來的台詞吧？」我瞄他一眼，不以為然地說：「你愛過嗎？你失去過嗎？你心痛過嗎？如果有，你真的認為一段只能曾經擁有的愛情，會是以『美麗』來做註解的嗎？」

「我看起來那麼像沒談過戀愛的樣子？」他愣了一下。

「你之所以能把愛情說得如此輕描淡寫，我看，那是因為你從來沒有真正愛過一個人吧？」我冷笑著反問，江涵予也笑了笑，卻沒有回答。

為什麼不回答？難道是因為心虛嗎？我們在海堤邊坐了片刻，他慢慢站起身來，朝著邊坡走下去，長長的海岸線上，遠處有一座荒涼破敗的小棚子。在這條濱海的道路上，原來還有公車行駛，我在那小棚子下看到老舊斑駁的公車站牌。江涵予盯著那兒，半晌後，拿起相機，一連拍了幾張照片，拍完後，又對著相機的顯影螢幕端詳許久。

這次我真的不懂了，儘管他頗有能從別人不經意的角度，拍出別具一格的照片，讓很多原本不足為奇的景物產生不同意境的本領，然而這回我站在他旁邊，看了看他相機的小螢幕，卻覺得構圖也好、角度也好，甚至是色調也罷，全都沒有別開生面的地方，那甚至連一張風景照的標準都算不上。

「你拍這幹嘛？」我忍不住問。

「每年的這時候，我都會來這裡拍張照片，一拍就拍了八年。」他看著眼前那座用木頭、竹竿搭起，已然頹圮又破漏的棚架，感慨著：「我想知道，它每年的差別在哪裡。」

「差別在哪？」

「第一年，它很美，我沒見過比這裡更美的風景；但第二年以後，這裡就再沒顏色了。」他嘆氣，轉過頭對我說：「我心裡曾有一幕幕美到不行的風景，而這裡，就是那段風景的起點。」

後來我才了解，為什麼他一整天好像都悶悶不樂，也才恍然大悟，沿途那麼多海邊的景致，他每個點都拍過就走，何以在東石港邊逗留如此之久，而我也終於懂了，為什麼江涵予會說，只能曾經擁有的愛情，是一種美麗。

「因為它有不得不美麗的理由啊，我總不可能每一年來到這裡，就跟妳在台中那天晚上一樣，哭哭啼啼、泣不成聲吧？我寧可在心裡，將這些回憶都徹底美化，這樣一來，就算它可能會稍微失真，但至少永遠都是美的。」他說。

那天晚上，我們一路騎到台南，夜宿在他以前一個電腦補習班的同事老家。晚風悶熱，他從附近的商店裡買了兩瓶可樂，跟我一起在騎樓邊喝著，也說了個簡短的小故事。八年前，他談過一次戀愛，那是在大學攝影社所舉辦的環島旅行途中開始的，對象是同社團的學妹，而告白的地點，就是那個破爛的候車棚子。不過那段愛情沒有維持得太久，大約才一年左右，學妹就琵琶別抱，愛上了另一個學長。若干年來，江涵予雖然沒對那女孩念念不忘，但基於一種悼念初戀的心情，他每年都會環島走一圈，也一定都會到那座小棚子前面去拍張照片。

「對不起。」我誠懇致歉，為了今天說的那些話，但也忍不住問他，萬一明年再來，發現那座棚子終於被拆掉了，或者垮在哪個颱風的侵襲下了，那怎麼辦？

「棚子會垮，遲早的事；回憶會淡化，也是遲早的事，但人還是得過日子，得找到自己的路，得再追尋出下一個夢想，這也是遲早的事。」他淡淡地、略帶一點傷感地說。

兩瓶可樂輕碰，我們各自乾了一小口。江涵予原來不是先知，不是哲學家，也不是用照片寫人生的詩人，他搓搓自己一頭短髮，又搓搓下巴冒出來的鬍碴，在我面前打了個呵欠。他只是個普通人而已，一個跟我一樣也受過傷，但傷癒之後，已經能夠努力堅強在活著的普通人。

夢會醒，是遲早的事；夢醒之後，再織另一個夢，也是遲早該做的事。

21

不知道一般人騎機車環島一圈大約需要多少時間，但我想我們應該算得上是很慢的，畢竟一路走走停停、停停拍拍，江涵予光是照相的時間就耗掉夠多了。第四天，我們才終於越過墾丁，從屏東繞行北上。他在關山的田野間遇到一群騎腳踏車的原住民小朋友，興高采烈地跟人家玩了半天，還拍了不少照片。而我走得累了，就在小村子的雜貨店前歇腳，看他們在大太陽下盡情嬉鬧。

等他終於滿身大汗，也把一顆電池拍到沒電，這才晃回來。我好奇地問他是不是很喜歡小孩，他點點頭，坐下來喝水，反問我如果沒失戀，有沒有打算跟小肆結婚生子。

「以前覺得結婚這兩個字好遙遠，整天坐在辦公室裡，同事都是些婆婆媽媽，自己要是能交得到一個男朋友就萬幸了，根本沒考慮過結婚的問題。」我搖頭，說：「至於生小孩的這件事，那可就更遠了。」想著想著，我說其實自己也不知道，究竟小肆會不會喜歡有小孩。

「妳沒問過他？」江涵予有些訝異。

「不是沒問，是還來不及問，怎麼樣，這答案你滿意了吧？」我沒好氣地說。

又何只是生不生小孩的這件事呢？我跟小肆之間的故事，在來不及開花結果之前，便已經提早凋萎，有太多太多事情，我都還來不及跟他聊過，有很多很多想法，我也還沒時間跟他溝通，那些本以為還不急的，一轉眼就因為盡頭的忽爾到來而消散殆盡，再也沒了後續的可能性。

「雖然是個假設性的問題，但如果你們沒分手，可是一路發展到最後，卻發現彼此有太多的不適合，那怎麼辦？」江涵予拍拍褲子上面的灰塵，他剛剛為了抓一個由下往上的仰視角度，整個人趴在地上，現在弄得一身髒汙，一邊拍，他問：「萬一妳想要小孩，而他不要，或者妳想住在台北，而他不肯，甚至是他想辦一個洋派的婚禮，但妳想要台灣傳統的那種，那怎麼辦？」

「有人會在談戀愛之前就先列張清單出來，跟對方討論這些事嗎？」我皺眉頭。

「兩個人如果對這點人生未來的共識都沒半點基礎，那你們還談什麼戀愛？」江涵予不以為然地說：「是我的話，我就會。」

「你不能把要拍的東西都事先調整到一個最適合擺進照片裡的角度，然後才按快門吧？如果景物一直挪不到適當的位置，難不成你就放棄不拍了嗎？」我說：「跟取景一樣，這應該是緣分的問題。」

「靠緣分來找景物，天底下的攝影師早都他媽的餓死了。」他「呸」了一聲，說：

「景物不能挪動的時候，老子難道不能像剛剛那樣趴下去拍嗎？跟我談攝影，妳還早得很！」

我幾乎都笑了出來，看著遠遠處那幾個小孩又跑了回來，還牽了好幾條營養不良的小狗，江涵予開心地抓起換好電池的相機，二話不說又跑過去，剛剛才拍乾淨衣服而已，轉眼間他又趴到地上去，幫那幾個抱起小狗的孩子們拍特寫，我忍不住笑。

這世界上果然各種人都有，小肆跟江涵予，他們呼吸著跟大多數人一樣的空氣，但腦袋卻裝著跟別人大相逕庭的想法，而即使是他們兩人，乍看之下很相似，但些微不同的出發點，卻引導出差之千里的人生觀，兩個人都在追求永恆，可是方式大不相同，小肆靠的是音樂，他唯一關注的也只有音樂，其餘的一切，包括他自己的人生，全都可以用一句「那不重要」來帶過；反觀江涵予，他運用攝影的方式，在渴求一種永恆，但他追索的那種永恆，其實是把自己也包含在裡面的。瞧他此刻笑得好開心的樣子，難道已經忘記在東石港邊的心情了嗎？看著江涵予，我心想，那應該是不可能的，就算事情已經過了好幾年，他那個變心的學妹只怕都已經嫁到哪裡去了，但那些過往的記憶，大概都還保留在他心裡吧？怎麼可能遺忘呢？

而我也在想，如果這趟旅程，東石港邊是一個他非去不可的地方，那我呢？有沒有我也非去一趟不行的地方？

告別關山後，我說今天晚上無論如何不要再睡路邊或寺廟了，有一個地方，我很想去看看。搜索著腦袋裡的記憶，再拿出手機連上網路搜尋，最後我給了江涵予一個地址，那是在靠近台東市區，一處座落田野中間的獨棟透天民宿，而不遠處就有夜市。

江涵予問我為什麼要來這裡，但我答不出來，因為也無從回答起。腦海裡只記得小肆依稀跟我說過的民宿名字。那次我去上海出差，他正好到台東表演，晚上就住在這地方。那時，小肆說他在這裡留下了一個祕密，希望有朝一日可以帶我來看。

「希望他不是在牆壁上留下什麼亂塗鴉的東西，否則妳可能會被屋主求償。」問我要不要去逛夜市，但我搖頭，江涵予無奈地說：「妳如果真找到了什麼他留下的痕跡，希望那不是會讓屋主跳腳的東西。」

會這麼誇張嗎？我有點半信半疑，但話又說回來，小肆確實也是那種不按牌理出牌的人，誰知道他在這小小的民宿裡，會不會真的幹出什麼怪事來？民宿主人並不住在這裡，只有四個房間，又不是假日，所以只有我跟江涵予各要了一間。在蛙鳴蟬噪的聲喧中，我悠哉地洗過一次乾淨的澡，把包包裡的衣服重新攤開來收拾好，如果順利的話，大概再過兩天就可以回到台北。我希望自己早一點回到熟悉的環境，但偏偏又害怕，怕回到那城市裡，就會再次陷入無可自拔的深淵中。

這算是一趟成功的療癒之旅嗎？只怕未必吧？我知道有些該面對的，依舊還在前方，隨著我們距離台北愈來愈近，那些也就逐漸逼近眼前，而我沒有再逃下去的空間。收拾好東西，在擺滿了各種粗糙的木雕裝飾的角落前走過一回，我看不出來這裡會有什麼小肆留下的痕跡。晚上才八點，夜市應該正熱鬧，江涵予自己跑去逛了，他會不會好心地順便幫忙買個晚餐？我從房間裡走出來，踱步下樓，一個人打開電視，坐在那兒看了半天的無聊節目後，百無聊賴地又起身，開始瀏覽起只有我獨自一人的民宿客廳。

用了很多原始的素材，像是木頭、石板或石塊等等來做裝潢，讓整座房舍充滿自然原始的氣息。我仔細地到處端詳，看看這些頗具藝術質感的擺設。江涵予也說了，他很喜歡這裡的風格，等明天一早，只要打開門窗，自然光源充足時，一定可以拍出很多別緻的照片。我一邊瀏覽，一邊看到玄關那兒，在矮櫃子上有一本用竹片跟乾燥過的樹葉貼成封皮的筆記本，旁邊還繫了一枝原子筆。淺褐色回收紙內頁，裡面已經有不少住宿過的房客寫下留言，大家都盛讚這家民宿的待客之道，也紛紛寫下自己的心情，很多人都希望有機會可以再來住宿。我翻了翻，本來想拿起原子筆，在最後一頁寫下感想的，然而就在翻頁時，因為幾個熟悉的筆跡而愣住，同時也聽到大門開啟的聲音。

「這給妳。」江涵予逛完夜市，他手上拎著一袋食物，是鹽酥雞之類的吧，味道很香。除此之外，還有一隻木雕的小蝴蝶。

「飛吧，能飛多遠就飛多遠。」江涵予笑著將小蝴蝶拎起來，在我面前晃呀晃，然而我只是怔怔地出神，卻沒有跟著一起笑出來。他手懸在半空中搖擺了幾下後，這才發現似乎哪裡不對，跟著低頭看看我手上捧著的筆記本。

妳知道我從來也不是那種在乎明天、後天與大後天的人，但我今天格外想妳。

誰不是這世間一抹偶爾存在，卻再臨時不過的風景，

也許沒人能逃開最後的結局，但我喜歡今天想妳的心情，喜歡妳今天一定也想著我的表情。

什麼是幸福？這已經是幸福了。

字跡有些凌亂，龍飛鳳舞的，但每一筆、每一畫，我彷彿都能想像得到，那是披著一頭長髮，倚在這矮櫃子上，很自在地寫字的樣子，他在最後一行的署名寫的是：「想念心亭的小肆」。

我在已經沒有你的時候，才看見你最愛我的樣子。

我們不過是江河逐流中的幾片浮葉，
而擦肩的又豈只是幾番交會的眼神，
於是最美的風景往往是必須回頭看的風景，但分秒又消逝了。

若這是傾盡一生都不能再得的緣分，
這一回，我不放手；你也別轉身，好嗎？

22

我原以為至少可以再玩個幾天，然後才回台北的，沒想到才剛抵達花蓮的第二天，我們剛因為七星潭海邊那一大清早的刺眼陽光而醒來，正為了又省下一夜的住宿費在慶幸時，手機忽然響起，珮珮驚慌失措地問我人在哪裡，能不能趕快到醫院一趟，那瞬間我心臟差點都停了，本以為是她出了意外，然而珮珮說住院的是小蔓，而我再問她到底發生何事，她已經哭哭啼啼個沒完。

我大吃一驚，再沒了遊玩的興致，急著想趕回台北，因為珮珮哭個沒完，若萍的電話沒人接，而最讓人擔心的小蔓則是手機根本沒開機。江涵予也覺得事態可能很嚴重，他放棄了接下來的所有行程，急忙載我上路，我們飛快地跑完蘇花公路，沿著台九線，一路鑽過群山萬壑間的蜿蜒山路，直接趕回台北，但是到了醫院，才發現根本就被騙了。

「妳很疑惑是嗎？沒關係，因為我也是。」小蔓確實是躺在病床上，她左腿打了石膏，還吊在半空中，但精神奕奕，非常有朝氣的模樣，正啃著一顆芭樂。見我驚慌失措地趕來，她比我還驚訝。小蔓指指旁邊滿臉淚容的珮珮說：「妳看這個笨蛋，她一副要報喪的樣子，拿起我的手機，幾乎聯絡了電話簿裡的所有人，非得讓全世界都知道我摔斷腿了。」

「妳在哪裡摔斷腿的？」我皺眉，就算沒有生命危險，摔斷腿總也不是小事吧？結果小蔓沒好氣地說：「廁所。我剛拉完屎，擦完屁股就踩到自己的褲子，哪知道這一摔就摔斷腿了。」

我不知道究竟該哭還是該笑才好，倒是見我跟江涵予站在一起，又聽說我們相偕去環島一圈，珮珮很疑惑地側眼端詳了我們好一會兒，才用根本沒壓低的聲音問我是不是已經另結新歡。

「吳珮綾，我現在不要聽妳說蠢話，妳給我乖乖坐下。」小蔓終於忍不住又罵人了，「再讓我聽到妳的聲音，或者待會再跑進來一個妳亂打電話找來的朋友，我就把妳從八樓病房的窗戶丟下去。」說著，小蔓還瞪她一眼。

等珮珮乖乖坐下後，我本以為小蔓會想認真跟我聊點什麼的，也或者我可以把最近這些事情告訴她，沒想到她跟珮珮其實半斤八兩，居然也問我：「葉心亭，為什麼妳變成這麼濫情的女人，一聲不吭就跟上一個男人分手，然後又一聲不吭再交了下一個男朋友，而且還跟他去環島？妳到底吃錯什麼藥了？」

那瞬間我有點錯愕，不曉得如何回答。有些原委說來話長，本不是三言兩語可以交代清楚，再者則是江涵予就站在這裡，我一時有些投鼠忌器，沒能好好開口解釋。然而江涵予心直口快，反倒先說話了，他看看小蔓，再看看珮珮，居然問我：「一起環島的就非得是情侶嗎？葉心亭，原來妳的朋友都這麼膚淺是不是？」

然後天下就大亂了，我花了好大力氣才把情緒崩潰，差點要跳下床來動手鬥毆的小蔓給制住，再伸出腳來，擋住珮珮進攻的路線，最後才轉過身，拖著不甘示弱，居然準備跟兩個女人對打的江涵予趕緊退出病房。

好不容易安撫了所有人，也把一場莫名其妙的爭端給消弭掉，我先讓江涵予回家，承諾一定會給他一個賠罪，然後又回到醫院，把所有事情的經過都交代清楚，講到後來，本來皺著眉頭在聽故事的小蔓她們反倒成了安慰我的人。若萍剛下班，她抵達醫院時，正是我哭得最慘的時候，一群人手忙腳亂，病房裡的幾包衛生紙都沾滿了我的眼淚。

「妳有什麼打算嗎？」好不容易等我哭夠了，也哭累了，最後，珮珮送我下樓前，小蔓問我，而我只能搖搖頭。

「不管怎麼樣，人沒事就好。」她嘆口氣。

我也不知道自己該怎樣，或者還能怎樣，意外提早結束環島之旅，原本江涵予還很期待到花蓮的郊外，也到宜蘭去多拍點照片的，沒想到因為小蔓受了傷，我們臨時趕了回來，而他犧牲拍照的機會也就罷了，竟然還跟小蔓她們吵了起來，這真是我始料未及的狀況。

灰頭土臉地到家，把包包往床上一擱，我看了看周遭，這兒一點改變都沒有，小肆送我的巧克力還在，紅色吉他也還在，當然，紛亂的思緒原來也還在。

好多天沒聯絡了，你還好嗎？是不是因為女朋友回來了，所以沒時間找我？或者，你根本就已經不需要我了，是嗎？我坐在床緣，沒開燈，就怕太明亮的光線會讓自己的徬徨無處可藏。我伸出手，輕輕抹過琴弦，吉他發出清脆的叮咚聲響，不成曲調。如果知道這種分離是遲早的，你又何必送我這樣的禮物？一把在我手裡永遠彈不出旋律的吉他，不正諷刺著我對愛情的無能為力嗎？而你拍拍屁股就走了，繼續活在你優遊自在的世界裡，卻讓我只能望著自己的失敗而束手無策。

「我出去了幾天，剛回來。想了很多，或許這是我們唯一的結局，也是誰都迴避不開的結局。那就這樣吧，我們都要笑著放手，好嗎？」我拿出手機，慢慢地整理著情緒。可能因為下午在醫院裡哭過了，這時的心情顯得清淡，我發現自己的胸口只有匀緩的起伏，所有情緒似乎都停止了波動。「我會把所有的東西都收好，看你哪天方便，可以過來帶走，或者我寄去也好。」我一字一字按動，試著讓自己在文字中，不露出太多表情。「雖然看來是沒這必要，但我仍然想祝福你，希望你以後是幸福的，是快樂的，是每一個夢想與心願，都能如願實現的。」

應該可以不用署名了吧？訊息寫完後，我躊躇了一下，不認為小肆會無情到才幾天沒聯絡，就把我的電話給刪除的地步。寫完後，我反覆又看了幾次，只是不曉得為什麼，卻始終缺乏按下發送的勇氣。

我膽怯了嗎？或者其實只是不捨？但我不捨的是什麼？這種不捨還應該存在嗎？我終於還是沒能把情緒控制好，有種鼻酸的感覺。正看著手機螢幕發呆，它在我手掌心卻忽然震動了一下，讓我有些錯愕。

「幫我開門吧。」那是一通電話，小肆沒問可不可以見我一面，他太知道我的答案了。我嘆口氣，刪除已經寫好的訊息，走到門口邊，按下一樓的鐵門開關鈕，然後，他的腳步聲逐漸響起，而我用一滴眼淚迎接他。

我用一滴眼淚迎接的，是我掏空了心也填不滿的愛情。

23

風和日麗，儘管不是假日，卻也遊人如織。把握我特休假期的最後一天，騎車到淡水來逛逛，我們一路走到堤防最盡頭，才又慢慢晃回來。小肆的心情很好，聊到最近工作的事，他興高采烈，原來有一家比較小眾的唱片公司，長期以來始終很關注獨立製作的地下樂團發展，也很努力在幫這些樂團籌製更精緻的音樂作品，並且有完整的鋪貨通路可以銷售。這家公司最近因為在網路上發現「黑色童話」的作品，看來相當有興趣，因此聯絡上阿春仔，有意要將他們歷年舊作進行一番整理後，重新編曲，再搭配新歌來推出專輯。

「妳知道他們是因為哪一首歌而看中我們的嗎？」小肆笑著說出歌名，但我還一頭霧水，於是他補充說明：「就是我們定情的那一首歌。」

我聽得目瞪口呆，幾乎不敢相信，但更多的卻是害羞。原來不只是「黑色童話」的樂迷們看到網路上的MV，現在連唱片公司的人也看見了。但小肆還是一臉開心，他說自己從來沒想過會有這一天，而開心不是因為可以賺錢，卻是總算能將樂團的作品，以及作品中的理念，傳遞到更多人的耳裡。

「所以我應該好好把握機會，」我努力把心裡的尷尬藏好，笑著說：「這可能是絕無僅有的幾次機會，你可以不用戴上口罩跟帽子，遮頭遮臉地出門約會了。」

「就算戴了那些來遮掩，這也一樣很顯眼吧？」他抓起自己亂七八糟的長髮，苦笑著說：「這種長度的頭髮，再配上口罩或帽子，簡直就是欲蓋彌彰。」

「那我還有一個好主意，口罩跟帽子都可以省了，」我說：「你化個妝，穿裙子扮女生，這樣就沒問題了。」

「妳可真是好心。」他嘆口氣。

一個地下樂團要怎樣才算得上成功，我猜他們一定有自己的見解與想法。小肆告訴我，關於唱片公司的邀約，他們樂團裡其實也分成兩派意見，家裡本來就有錢的包租公跟香腸並不稀罕這種機會，更不想受到來自公司的束縛與限制，只想痛快玩自己的音樂，所以抱持反對意見；原本阿春仔也對那種以市場需求為導向的理念不以為然，但他想得更深遠一點，希望能在唱片公司的訴求，以及樂團自我的精神間取得平衡，更希望能藉由這次機會好好打響名號，所以投下了贊成票。

「那你呢？」我問小肆：「就算你支持阿春仔，那也不過兩票對兩票，打個平手而已，你怎麼去說服包租公跟香腸的？」

「我沒說什麼厲害的大道理呀，只是告訴他們，如果不接受唱片公司的提議，我就退出樂團而已。」他聳肩。

「什麼？」我瞪眼。

「因為樂團不賺錢，只教音樂又吃不飽，再這樣耗下去，就算玩音樂再開心，肚子還是會餓啊。」他皺眉說：「我本來只是說出自己的想法，哪知道包租公跟香腸就妥協了。」

我聽得哭笑不得，卻隱隱也感到不對。知道我在想什麼，小肆說他這幾天想了想，總覺得自己應該還可以做更多事，儘管他依舊認為人生沒有刻意去經營與安排未來的必要，但如果想成就更多的音樂夢想，某些程度的規畫畢竟還是不可或缺。所以當天上掉下來一個出道的機會時，他只是簡單想了想，就決定要把握住。

「不知道自己哪一天會死，但在死之前，總得活出個樣子來，不可以這麼渾渾噩噩地過每一天，是吧？」他笑了一下，牽著我的手。

不知道為什麼，在那一瞬間，雖然有種甜甜的感覺漾在心裡，我卻感到一股不自然與不自在，這是小肆平常會說的話嗎？是他平常那一貫的思維方式嗎？難道我們只短暫分手了幾天，他就變了個人嗎？我偷偷地側眼看他，從他的臉上瞧不出太大的異樣，但我總覺得有些不對，甚至也不認為這種觀念的轉變，會是因為好不容易跟我又復合，他才想到的什麼道理。

我很想問問小肆，想知道他女朋友回台灣之後，現在在哪裡、在做些什麼？而她當初又是為什麼會不在台灣？她知道自己的男朋友是怎樣個性的人嗎？為什麼她能如此放任，讓自己男朋友身邊永遠有數不清的女人呢？我想起那個從事金屬雕刻，叫作阿燕的女孩，我知道小肆以前交往過的女人不會只有這一個，只是後來因為我的緣故，他才開始收斂。我不希望他跟別的女人牽扯不清，難道那個正牌女友不會有這種念頭嗎？

滿腹的疑惑，從我們走在岸邊砌起的步道上，到兩個人搭乘渡輪去八里逛了一圈，在渡輪來回所揚起的水花間，我想得迷濛，也想得出神，連在八里品嚐小吃時都心不在焉。等又回到淡水，原本小肆問我還想不想去哪裡走走，然而我停下腳步，卻望著一邊角落發呆。

「妳想去體驗看看嗎？」他笑著。那是牆邊的小角落，一位頭戴漁夫帽，看來很年輕的畫家手上拿著畫板，幾盒彩色筆擺在旁邊，人坐在矮凳子上，專心地端詳著前方一對年輕的男女。小情侶坐在畫家面前，正讓他畫著。畫風很可愛，帶點寫實，但有更多的漫畫效果，上了顏色之後，更顯得趣味。

小肆問，但我趕緊搖頭。收費當然不貴，也不過就一點小錢，然而讓我卻步的，是因為畫家作畫時，一邊還圍了不少旁觀群眾，我可以想見那對小情侶的心裡一定七上八下，而且對圍觀群眾嫌惡不已。本來嘛，人家甜蜜蜜地給年輕畫家畫上一張圖像，那是何等歡喜快樂的事，但因為有了圍觀的人群，感覺上這對小情侶就跟動物園裡的猴子差不多，大家的眼光，好像在等著看那位畫家會把兩隻猴子畫成什麼德性似的。

「真的不想試試看嗎？我覺得畫起來的感覺還不錯耶。」小肆探頭又看看，只見那對小情侶拿過畫家手上的作品，臉上露出滿意的笑容。我趕快又搖頭，拉了小肆就要走，然而走了兩步，卻忍不住還回頭，再多看了一眼人家的畫作，也在這時，小肆忽然停住腳步。

「幹嘛？」我愣了一下。

「妳不想，但我想。」他笑著，不由分說，也不管別人側目，他拉著我的手腕，硬是擠過圍觀的人群，來到畫家所擺放的小凳子前，他坐了一張，要我在另一張坐下。

「不要啦……」已經感覺到那些路人的眼光，頓時讓我不知道自己的視線該往哪裡擺才好，扭扭捏捏地坐下，渾身都不自在。然而小肆興味盎然，他摟住我的肩膀，兩個人靠得很近，對畫家說：「要把我們畫得近一點喔！」說著，他想到什麼似的，忽然又喊了一聲暫停，跟著從口袋裡掏出一個小東西來，那瞬間，我有些錯愕，雙眼瞪得好圓，半晌都說不出話來。小肆給我一個串著黑色皮繩的東西，那是木雕的小作品，只跟一枚五十元硬幣差不多大小。稍微調整了一下皮繩的長度後，將這個小東西掛到我的脖子上，他特別吩咐年輕畫家，要把那東西也畫進去。

「這是哪買的？」我忍不住問。

「上次去台東就買了，一直忘記拿給妳。」他臉上有開心的笑。

我也跟著笑，但一邊笑時，一邊卻有自己也說不上來的異樣感。跟江涵予送我的東西一模一樣，都是木雕的小蝴蝶，差別只是顏色與加工不同，小肆給的是一條串了皮繩，變成墜子的紅色蝴蝶；江涵予給的是繫上短繩，可以當作手環的藍色蝴蝶。

我是一隻只能在縫隙間飛翔的蝴蝶，晴空太遠，深淵太近。

不只是徐經理跟楊姊，連其他同事們都問我是不是曬黑了，還有人推薦我美白產品，夏天還沒正式到來，就已經黑成這樣，大家居然都為我擔起莫名其妙的心來。一聽說是去環島，楊姊心嚮往之，她說能跟男朋友這樣享受假期，可讓人羨慕得很，回想當年，她自顧自地說起自己年輕時談戀愛的心得。

我苦笑著聽故事，心裡只覺得荒謬，回首這些波瀾，既不知道能怎麼解釋，但想想應該也沒有解釋的必要。我在假期前後這些天，整個人像是洗過一次三溫暖，大冷大熱地輪迴了一圈，終於又回到原點。

只是我也知道，這個原點跟之前多少有些不同，最大的差別，就是我不能再恣意跑到小肆家去玩，想去之前得先打通電話，確認他是否方便才行。我偷偷地搖頭嘆氣，感慨自己的不爭氣，本來還名正言順，想捍衛自己主權的，沒想到一瞬之間，身分忽然降格，自己變成那個只能偷偷摸摸的角色。我不是應該驕傲地抬起頭來，毫不戀棧地轉身就走嗎？不是應該秉持著自己的道德感跟價值觀，毅然結束這樣的一段關係嗎？但我這是怎麼了呢？當初阿燕蜻蜓點水般出現在我們的世界裡，那時我可以忍；現在，小肆的女友可是回台灣長住了吧？我居然也還可以忍。這種強大的忍耐力，連我自己都感到不可思議。

中午前，根本沒辦法靜下心來做事，儘管特休假的期間，很多工作都讓大家平均分攤，又有徐經理的力挺，擔任我的職務代理人，一切都掌握得很好，處理也很順利，不會有一收假就事情堆積如山的壓力，然而我卻心不在焉，一點小事也沒完成。心神不寧了一上午，原本以為下半天大概也完蛋了，沒想到一個偶然的插曲，卻讓我整個人精神都瞬間活了過來。

沒帶便當，公司附近又沒什麼像樣的餐飲店，也不想吃漢堡之類的速食，我唯一的選擇就只剩下便利商店。拽了零錢包，原是想去買點微波食物來果腹，然而一下樓，卻瞧見公司外面的騎樓邊，小肆就在那裡，手上還拎著一盒兀自散發著熱氣的炒麵。

「正想打電話，妳就下來了。」他開心地說：「早上跟阿春仔他們去唱片公司開會，中午時發現有家炒麵還不錯，趕緊給妳外帶一盒，還有這個！」小肆綻著開朗的笑容，把炒麵交給我，另外還附帶一瓶我愛喝的無糖豆漿。他說得再趕回去，會議還沒結束。

「你晚上有空嗎？」我急忙叫住他，然而小肆躊躇了一下。

那個表情才出現兩秒鐘，但我已經會意到了。儘管沒有講白，然而他的猶豫等於是在告訴我，今天晚上不方便。而我也知道，任何女人的相約都可以因為我而被排開或推掉，唯獨有一個人出現時，才會換我被捨棄。嘆口氣，我跟自己說，千萬不要介意，千萬不要放在心上，千萬別把壓力加諸在自己肩膀，這一切都只會是暫時的，我應該給自己加油打氣，才能在這場漫長的拔河中，繼續堅持下去。

可能是因為吃了可口的炒麵，也可能是因為那瓶豆漿，但我知道有更多的原因是來自於小肆。儘管晚上不能去他家，讓人有點遺憾，但我已經覺得很滿足，下午的工作也進行得很順利。

一邊忙，我一邊思索著，沒人約的晚上，是不是應該給自己準備點節目，也許可以去醫院探視小蔓，或者到書店逛逛，當個偽裝的文藝輕熟女，再不然也可以去一趟影音光碟出租店，好久沒看電影，那至少租個影片回家看吧？我腦袋裡想了不少點子，滿以為今晚可以是豐富且愜意的休閒時間，然而到了傍晚，我還因為大盒炒麵塞飽肚子，一點晚餐的胃口都沒有，江涵予居然傳來簡訊，一句話，他說：「失戀的女人，下班後要不要來一起吃晚餐？」

失戀的女人？我忍不住在心裡罵了髒話，去你媽的誰是失戀的女人！老娘現在不曉得有多幸福！碰面後，江涵予一聽到我跟小肆在環島後瞬間又復合，他詫異得連下巴都差點掉下來。

其實這頓晚餐邀約根本是多餘的，我不餓，這人也不是真心誠意想請客，慰問失戀的鬼話更是推拖的藉口。他任教的電腦補習班最近要舉辦國外軟體公司的認證考試業務，正需要一些業績，所以才把腦筋動到我身上來。他拿著報名表，問我有沒有興趣。

「我不知道考這種證照要幹嘛。」一口回絕，我說：「老娘是賣鞋子的，不是畫圖的。今天不會畫，以後也沒打算要會。」

「多學一點本事總是好的，萬一哪天小肆失業了，妳還多個可以養活他的本領，不是很好嗎？」他對我的復合還是嗤之以鼻。

「萬一他真失業了，我看也輪不到我養。」我沒好氣地說：「人家有個英國留學回來的女朋友，還怕養不起他？」

「小美真的是他女朋友？」江涵予此刻的驚訝還遠勝於剛剛，他目瞪口呆，連我也錯愕不已，那聲驚呼還讓坐在附近的幾桌客人都不約而同地轉過頭來。

不在車水馬龍的市區街頭，而是隱身於小巷弄裡，一樓店面非常別緻，乍看之下還以為是家咖啡館，然而裡面擺了櫃台跟桌椅，卻沒消費的客人，椅子上坐著的，都是等待學生下課的家長。運用大量原木色調，再搭配溫暖舒適的柔和燈光，這裡實在不像我印象中的美術教室。

而說是美術教室，未免也太小看了這兒的規格，招牌上面寫的是才藝中心，底下還有幾個小分項，包含繪畫、陶藝、古典音樂、雕刻、剪紙與書法等等，不一而足。

江涵予說他前陣子去了一趟「回聲」，在那裡討論下次攝影展的內容時，見到小肆的團員阿春仔與香腸，當時雖然沒交談，但打過招呼，依稀聽他們聊到小肆的女友即將回台的事，那時他頗感錯愕，因此稍微留意了一下，而這位傳說中的「小美」，其實兩年多前，在她出國前夕，江涵予也在「回聲」跟她有過一面之緣，大家都是從事藝術工作的同道，稍微認識一下總是應該的，只是沒想到她竟是小肆的女友。

「一聽到英國回來的，再加上那天阿春仔說過，等才藝中心開幕，過來給她獻花祝賀，我就恍然大悟了。」站在稍微有點距離的地方，遠遠地看著那家店，江涵予搖頭說：「葉心亭，妳輸定了。」

「媽的。」我這次終於忍不住把髒話罵出口。

她長什麼樣子呢？是什麼個性的人？會穿著怎樣的衣服、做什麼打扮？其實我心裡充滿無限好奇，儘管已經等了半個多小時，也不知道能否等得到人，我卻不肯放棄，墊高了腳尖，引頸眺望，而江涵予百無聊賴地坐在路邊車子的引擎蓋上，正在那裡東張西望。

過了好久，我兩腿很痠，還堅持要繼續等待，但後面那傢伙已經不耐煩地問過幾次，到底何時才可以吃飯，到底我何時才願意簽下那張檢定報名表，而我連回頭都沒有，說除非讓我看到想看的人，否則一切都免談。

或許是皇天不負苦心人，我在那兒足足站了一個小時，等到晚上八點半，有幾個小孩似乎是下課了，跟著家長一起魚貫而出，而我張望再張望，終於看見幾個大人也走了出來，只是一時間無法分辨，到底誰才最有可能是那個小美。回過頭，我想對江涵予招招手，要叫他過來指認一下，唯恐那些人走出店外，就會消失在夜燈之下。可是我剛要開口叫人，忽地遠遠處傳來好熟悉的機車引擎聲，那當下我趕緊一縮身子，躲在路旁的車子後面。小肆騎著他那輛老舊的野狼機車剛好到來，我看見他拿著那頂原本應該屬於我的，黑色還附有飛行員擋風鏡的安全帽，交給站在店門口的女孩。

女孩個子不算高，但身形很纖細，她穿著黑色的連身長裙，應該是類似雪紡紗的材質，有種輕飄飄的質感。距離遠了，瞧不清楚她是否有化妝，但就著店門口的招牌燈光，可以看見她有清麗的臉龐，有明亮的雙眼，也有好看的髮型。她接過安全帽，臉上帶著幸福的微笑，不像我那麼扭捏，在上車之前，直接先給了男朋友一個臉頰的親吻。

我悵然若失，回頭，江涵予正比出奇怪的手勢，雙手都伸出拇指與食指，做出直角，而上下相反，剛好組合成一個方框，還正對著我。

「你在幹嘛？」我垂頭喪氣地問。

「雖然笑起來很好看，但可惜從我鏡頭裡瞧出來的妳，卻老是悲傷的表情。」他說。

我實在聽不太出來，到底這樣的低音應該搭配什麼樣的主音或旋律。坐在我面前，小肆嘴裡叼著一根菸，雖然煙霧迷漫，熏得人睜不開眼，但他卻能心無旁騖，左手在琴格上飛快按動，那條從我身上拿走的銀鍊子也在他手腕上不斷搖晃，映出閃爍的白色光芒；右手不像平常彈吉他時的輕柔撥動，他用一種很奇特的方式，豎起大拇指，再勾起食指，打橫著在很粗的琴弦上又拍又勾，一連串的聲音雖然同樣有起伏，但全部都是低音。我很少這麼近距離地看著小肆練習貝斯，而那種陶醉的表情也跟彈吉他時不同，此刻的他，完全是緊閉著眼睛，似乎非常認真在聆聽音樂的聲音。說也奇怪，從音箱裡傳出的低音綿延不絕，但每一下都重重敲擊著我的心臟，可是小肆卻習以為常，而且彷彿能從中獲得極大樂趣似的。他彈完一段後，會稍微暫停一下，一來要彈彈菸灰，二來則是拿起筆來，在一旁的筆記本上寫下一堆大概只有他自己看得懂的東西。

「貝斯到底是幹嘛用的？」我知道自己是個音樂的門外漢，完全不懂樂團的分工，不過最起碼我知道鼓聲代表節奏，吉他代表旋律，主唱則是樂團的靈魂人物，但貝斯手是個什麼玩意兒？

「一種平衡，也是一種襯托。」小肆說：「吉他的音色比較高亢，鼓聲著重在節奏的起伏，中間的平衡跟串聯就是貝斯的聲音，既能襯托吉他的底蘊，也能增加鼓聲的旋律效果。」

我半信半疑，其實根本不懂，於是小肆笑著，把樂器放下，伸手在桌上的筆電滑鼠上按了幾下，先給我聽一段完整的音樂，那是除了主唱之外，所有樂器都發出聲音的演奏，聽完後，他稍微調整了一下音樂編輯軟體，我看到螢幕上所顯示的，那個不斷有起伏跳動的控制表，其中一條音量被抽掉，然後小肆要我認真再聽一次。於是我便明白了，原來當貝斯的低音消失後，鼓聲會變得很乾，跟其他的旋律樂器除了節拍一致外，音色及配合度卻出現極大落差，感覺上雖然都還維持同樣的拍子，但鼓聲就是鼓聲，吉他就是吉他，完全無法融合。

「這樣妳懂了嗎？」他問，而我滿意地點頭。

傍晚下班後，帶著晚餐過來，可惜小肆沒時間一起好好吃飯，他囫圇吞下後，立刻又開始忙著工作。看樣子唱片公司的合作計畫一旦開跑，他可能還得忙上好一陣子。沒別的事好做，又不能打開電視，就怕影響他編曲，我只能安靜地坐在旁邊，看他像個小男孩在玩著心愛的玩具一樣，非常專注，也非常投入，看著看著，讓人有種忍不住想憐惜他的感覺，多希望讓他就這樣永遠開心地玩下去就好，別讓他受到任何外在世界的影響而中斷。

一直待到晚上十點左右，他總算忙到一個段落，而且夜深了，再彈下去只怕鄰居都要抗議，好不容易可以休息，然而他卻只能對我說：「時間不早了，明天還要上班，妳是不是該回家了？」

我沒有選擇的餘地，卻已經心滿意足，不同情況下的愛情，只好用不同的心態去面對。我努力謹守自己的本分，有些話，我連問都不問，有些想說的，我也克制著不說。晚上剛吃過飯時，那個叫作小美的女孩打電話來，小肆用眼神向我示意後才接聽，我那時只是點點頭，把視線移向手中的漫畫，但其實我根本不喜歡看《進擊的巨人》，連它在畫什麼都心不在焉；而後來大約九點左右，我已經百無聊賴，靠在床邊昏昏欲睡時，他的電話又響，這回應該不是小美，但顯然也是女的，我隱約聽到有個女生在約他，想找他一起出去喝酒，可是小肆一口回絕，他掛上電話後，有種討好似的眼神看過來，我已經懶得挪動身體了，只抬起腳來，用腳底板輕輕拍他兩下，意興闌珊地說了句：「好乖。」

然後他大笑，把手機一丟，屁股在地板上一划，靠過來跟我擁吻了幾分鐘，那是我們一整晚唯一的親密動作。

「人要作賤自己，還真不怕找不到理由，是嗎？」江涵予是這樣挖苦我的。

「關你屁事。」

「現在當然不關我屁事，但哪天妳又失戀，又要喝酒又想找誰帶妳出去環島時，那就關我屁事了。」他冷笑一聲。

「有沒有一點教養跟禮貌啊，你可以學著說點人話嗎？」

「我是老實人講老實話。」他理直氣壯。

「別開玩笑了你！」我翻了個白眼。

看著我們來來回回地唇槍舌戰，一直躺在病床上，手裡還捧著一袋零食的小蔓用受不了的表情跟語氣說：「二位，想吵架的話，西門町六號出口，或者忠孝復興的東區商圈會有很多吃飽撐著，等看免費好戲的觀眾，你們不要在這裡折磨我好嗎？給我留點吃東西的興致好嗎？」

「妳壯得跟魔鬼終結者一樣，還怕少吃幾片洋芋片就餓死嗎？」在對付我的當下，江涵予還毫不客氣地朝她反擊回去。

「你他媽的有種再說一次！」小蔓氣得整包洋芋片都要丟過來，要不是我急忙攔住，整張病床都要灑滿碎屑了。

本來只是順路過來瞧瞧，我也覺得他們應該會互看不順眼，但沒想到才這麼三言兩語，這兩人差點就要大打出手。趁著珮珮剛洗好水果，拿進來給大家吃，我叫她先看著小蔓，自己則把江涵予拉到外面去。

「別跟我說教，我可不是三歲小孩。」直接擋住了我的話頭，江涵予的手機也響起，他只朝我一揮手，逕自到旁邊講電話去，徒留下莫可奈何的我。

「妳等一下要跟他出去？」我還站在病房外的走廊上嘆氣，不知何時，若萍忽然出現在我背後。

「要去看表演。」我點頭。星期六的下午，今天有一個樂團表演的場合，但不在「回聲」，也不在別家店裡，而是一個街頭抗爭運動的聚會，要在大馬路上遊行抗議，同時舉行音樂會。小肆他們的樂團受邀參加，聽說主題好像跟反核有關。我想去看表演，而江涵予理所當然是要去拍照。

「這種感覺不會很奇怪嗎？」有些為難的語氣，若萍問我：「妳要給另一個男生載著，去看妳男朋友的演出？」

「更怪的是，我男朋友的女朋友可能也會去，所以我不能陪在我男朋友身邊，卻只能遠遠看著他。」我嘆氣。

跟小蔓她們相較之下，若萍通常不算太有主見，在我們四個人當中，她一向都是沉默的代表，只會順著大家的決定而跟隨，而知道小肆還另外有個正牌女友後，我這些姊妹們個個搖頭嘆氣，每個人或多或少都提出分手的建議，就怕我愈陷愈深，也愈傷愈重。往常，當小蔓或珮珮在談這些事情時，若萍雖然不見得每次都會發表意見，但臉上表情也總是沉重得很；但很難得的，她今天似乎特別有感觸，看著站在走廊盡頭處講電話的江涵予，若萍忽然對我說：「我覺得，那個江涵予好像還比較像妳男朋友。」

「啊？」我愣了一下。

「至少，妳跟他在一起的時候，比較活。」她想了想，很認真地說。

你的存在毫不起眼，卻是維繫我呼吸的不可或缺。

我似乎可以理解若萍的想法，雖然她本人反倒無法做具體說明，然而我覺得我就是懂那個「活」字的意思，只是當時我沒告訴她原因。

江涵予，這個跟我說熟不熟，說不熟卻其實也很熟的朋友，打從他出現至今，就一直以一個旁觀者的身分存在著，我這段愛情故事裡的所有起伏，他幾乎都看在眼裡，再不也聽我吐過苦水，所以我在他面前沒有包袱，也沒有束縛，而之所以能這樣掏心地把自己的感覺與想法傾倒在他身上，我知道那是因為他跟小肆有個性上類似的地方，他能理解箇中的冷暖滋味，同時也因為他自己的藝術家性格，只在乎自己在乎的事情，所以根本沒把我的種種悲喜太放心上，只當個純粹的聽眾，甚至還常常用冷眼看戲的心態來面對，雖然看似冷血，但也唯有如此，他才不會被我的情緒給壓垮。

想得遠了，我沒注意到腳下，差點被擁擠的人群給撞倒。音樂表演正精彩，阿春仔力竭聲嘶正賣力唱著，小肆、包租公跟香腸也盡情忘我地演出，在震耳欲聾的音樂聲中，又不時傳來此起彼落的口號聲。這場反對興建核電廠的抗議活動，聚集的人數並不少，但每個人臉上的表情都不同，有些人像是來看熱鬧或逛園遊會，充滿新鮮與好奇，有些人則貨真價實是來抗議，眼神中滿是憤怒，更有些人手上拿著水瓶或小石頭之類，一副在等待時機就要搗蛋的樣子，讓我看得有點不太放心。而人群最外圍那邊，我看到好幾排的警察已經完成陣行編組，他們手執盾牌，站在拒馬旁邊，還有警察拿著攝影機正不斷蒐證。

「這種抗議活動我拍過好多場了，各式各樣的理由，都可以讓人走上街頭，但今天的氣氛格外緊張，鎮暴警察好早就出現在會場，讓人有一種隨時可能擦槍走火的不祥預感。」一邊認真地拍照，江涵予忽然轉過頭來，用力拉住我的手，他指著遠遠的一邊，說：「妳看，那邊已經吵起來了。」

我愣了一下，好遠的彼端，黑壓壓都是人群竄動，根本瞧不出什麼所以然，而此時舞台上的音樂剛停下來，阿春仔拿著麥克風正在講話，可是周遭實在太吵，我完全聽不到他說什麼。

「不知道小美有沒有來。」我問江涵予。

「就算有，現在大概也已經走了，情況真的不太對。」他皺著眉頭，手一指，江涵予說他剛剛拍照時，發現警察的隊伍正在移動，而且也已經舉牌過三次，這場在悶熱的午後所舉行的集會遊行，只怕會嚴重失控。

「失控？」我呆了一下，這種事情我只在電視新聞裡看過，但被夾雜在現場人群中，這可還是頭一次。

「如果待會真的打起來，妳記得往反方向跑，還記得我剛剛停機車的地方嗎？妳在那裡等我。」說著，他還指指我的手臂，要我記得在逃命時，把那張反核的貼紙給撕了，免得被驅散民眾的警察給遇上時，會遭受池魚之殃。

其實我不知道核電廠究竟會對我們的家園造成多大威脅，但即便再無知，我也曾在電視上看過日本前幾年那場地震與海嘯是如何喚醒人們對核能安全的重視。可是我們要因此而放棄核電嗎？剛剛擠進人群時，我還看到很多人舉起的標語，也看到一座小舞台上，有幾位專家學者正臉紅脖子粗地呼籲群眾，到底核電將有多麼危險，要大家堅定立場，一起反制。

到底誰是對的？而誰又是錯的？我心裡有些茫然。江涵予不知何時已經自我身邊擠開了去，在人馬雜沓中，我看到他站在安全島的較高處，還把相機舉得很高，正對著茫茫人海拍照。還能看得到他，起碼讓我稍微心安一點，然而此時阿春仔在那邊的大舞台上不曉得說了什麼，台下群眾歡呼鼓譟，鬧成一團，就在這個紛亂的時候，我周遭似乎出現了一些變化，有人不斷推擠著，而那些手上拿著東西的人，居然開始朝著警察的方向投擲過去。那一瞬間，我意識到情況似乎真的被江涵予料中了，人群在混亂中開始移動，各種吶喊聲四起，而我最後聽到阿春仔拿著麥克風，很大聲罵出來的是一句三字經。

要命，怎麼會這樣呢？我嚇得都快渾身發抖了，低下頭來，連叫都叫不出聲，而且這當下就算放聲尖叫，大概也不會有人理我了吧？辨明方向，急著想鑽出人群，可是那些人你推我擠，根本連個縫隙都沒有，慌亂中踩到一個寶特瓶，我還差點跌倒。急忙忙地掏出手機，可是這當下實在沒辦法好好打通電話，我好不容易擠出一小段路，後腦勺卻不曉得被誰架了一拐子，痛得幾乎暈過去。

那邊傳來警察用擴音器呼喊的聲音，但同時我也看到示威群眾猙獰而憤怒的臉孔，整個世界像要開戰了一樣，而我糊里糊塗地置身在這個戰場中，但天曉得，其實我只是來看樂團表演的。

小肆呢？一想到樂團表演，我立刻站直了身子，想要回頭去看，然而這時距離有點遠了，再加上旗幟與各種行動劇的道具晃來晃去，完全瞧不見舞台那邊的情況，為了探頭，我重心不穩，一個踉蹌就被撞倒，手掌心在柏油路面擦出了血跡，而更慘的是我還來不及爬起身，又被急著擠過去的路人給踢了好幾腳。

小肆會不會有危險？剛剛阿春仔是不是在鼓動大家跟警察對峙？他們會不會被逮捕？我急得快要哭出來，趕緊爬起身，這回不是再往外逃，反倒想往舞台的方向又擠回去，我想去看小肆是否要緊。也不管還有多少人擋在前面，我奮力撥開人群，只想拚了命又擠回去，然而手腕卻忽然被一把扯住，江涵予滿臉慌亂，他原本一件白色的上衣，現在居然沾滿了鮮血。

「搞錯方向了，出口在那邊！」他大喊。

「你受傷了？」我吃了一驚。

「不是我，我沒事。」他搖搖頭，扯著我就要走。

「小肆還在那邊！大家都還在那邊！」我一邊大叫，想掙脫手腕的桎梏，還要再往前衝。

「他們不會有事的，妳冷靜點！」把我用力拉回來，我看見江涵予在惶急中還有專注的眼神，他說：「別人我不管，但妳是我帶來的，妳就不可以有事。」說著，他忽然把我的腦袋一壓，自己也趕緊一縮頭，但可惜我躲過了，他卻沒能倖免，也不知道是誰亂扔出一顆好大的石頭，不偏不倚擦過他的前額，有鮮血流了下來。我大聲尖叫，可是他渾不在意，把相機塞到我懷裡，右手抱著我的背，左手不斷推開前面的人潮，當我們一步步走出困境時，他的鮮血已經流滿了臉，也沾上了我的衣服，而那當下，我再顧不得小肆的安危，眼裡看到的，只有江涵予咬牙忍痛在幫我開路的眼神。

我還沒為你流過一滴的淚，你卻已經為我淌了滿身的血。

27

「到底有什麼好哭的，不過就是破皮而已。」

「破皮？你差點就要死了耶！」我瞪著他。

江涵予一直說我大驚小怪，但別說是我了，又回到醫院，在急診室看到他那模樣，珮珮跟若萍差點都沒昏過去，等他縫完針、包紮好，我們回到樓上的病房，小蔓一看到他就哈哈大笑，直說那就是報應。不理會那個斷腿女人的落井下石，江涵予先問我有沒有受傷，確認我沒事後，他趕緊檢查相機是否受損，甚至還開始看起剛剛拍到的照片。

「你應該先擔心自己的傷勢吧？」我有點看不下去。

「這點小傷死不了人的，但要是照片沒了，我的血可就白流了。」他一邊檢查，想到什麼似的，忽然問我打電話找到小肆了沒有。那瞬間我一愣，這才想起自己居然漏了這麼重要的事。「真不知道妳到底是幹什麼吃的。」看著我，江涵予搖頭嘆氣。

其實我也不是全然沒想到小肆的安危，只是江涵予那流了那麼多，還沾到我一身的鮮血實在太過駭人，所以才讓人慌了手腳。但上天為證，在活動現場最混亂的當下，我拚命想往舞台區擠去，就是為了那個對我來說最重要的男人。

可是站在醫院的走廊上，當我拿著手機時，卻遲疑了。這通電話該打嗎？如果小肆平安無事，而整個衝突鬧到這等地步，小美不管本來身在何處，她都應該會立刻趕到男朋友身邊才對吧？那我還要打這通電話嗎？會不會不打沒事，一打去反而露餡了？還在躊躇，江涵予忽然走出病房，問我一臉癡呆在幹嘛。

「你為什麼不在裡面休息？」我先反問。

「看著那個魔鬼終結者，妳叫我怎麼休息？」江涵予搖頭，說如果沒什麼事，他還想回活動現場一趟，希望可以再拍到更多照片。

「不把自己整死，你就是不肯放手是嗎？」我生氣地說：「看看自己頭上縫了多少針，你居然還想回去？」

「在還拿得動相機的時候，我的職責就是拍下一張又一張的照片。」他很淡然地說著，從我旁邊走過去，又好似想到什麼，回頭，他對我說：「倒是妳，問問妳內心裡那個最真實的自己吧，不過就是打一通電話而已，從心之所行，難道真有那麼困難嗎？」

我知道這一點都不難，但我承擔不起的是小不忍則亂大謀的傷害。一直忍耐到晚上，小肆始終沒消沒息，最後我才終於按耐不住，撥了電話過去，但接連兩通都沒人接聽後，我便勉強自己，絕對不能再打了。

每一家新聞台都在播放相同的內容，也有許多名嘴或專家在談話性節目裡探究整起衝突事件的原委與責任歸屬問題，然而我轉來轉去，就是沒轉到自己想看的。滿懷焦慮，思索著是不是該跑一趟「回聲」，或許在那裡可以得到一點消息，但又怕去了以後，如果小美也在，那我該怎麼辦？躊躇中，本來還想託江涵予替我跑一趟，但轉念作罷，每個人都有自己關注的事情，他這時候搞不好還在活動現場。我在新聞畫面中看到，下午發生激烈肢體衝突，警方展開強制驅離行動，也逮捕了不少滋事份子後，到了晚上，又有許多民眾再次回到現場聚集，雙方依舊僵持不下，既然還沒恢復平靜，那江涵予應該就還守在那裡捕捉畫面。

於是我決定了，就算怕遇到別人會很尷尬，而不方便跑去「回聲」，也不能再打電話，或者不好再央求江涵予，那至少我可以靠自己吧？抓起皮包就下樓，搭上計程車，我乾脆直接往小肆家的方向去，起碼在那裡，不管多晚，總可以等到他回家。在車上，望著紛亂的台北街頭，隔著車窗，好像都還能感受到整個城市動亂的氛圍。司機問我今天有沒有去參加示威遊行，問我贊不贊成核電廠的興建，我全都置若罔聞，唯一跟他說的，只有一句話：麻煩請開快點。

我不敢明目張膽到他家外面才下車，在路口付錢後，小心翼翼，確定沒什麼異狀，這才一步步走過來。四樓的燈光沒亮，看樣子小肆還沒回來。他現在情況究竟如何？有些擔心，我在對面的騎樓等待，已經打烊的髮型沙龍店外面就有可以坐下的長椅。儘管燈光不亮，還有幾隻蚊子飛來飛去，但都沒能分散我的焦慮心情，我心下決定，如果他回來的時候，身邊還有別人陪著，那我就別露面，只要站在這裡，親眼確認他平安無事，便可以逕自回家，甚至連招呼都不用打，以免橫生枝節。一直等到夜深，我幾次拿出手機來看，看到都快沒電了，這才聽見熟悉的機車引擎聲，而出乎意料之外的，是他居然沒載人，獨自回到小公寓來。

「妳怎麼在這裡？為什麼不打電話給我？」他滿是倦容的臉上也帶著錯愕。

「擔心你。」看著小肆，一時間察覺不出他的心情，我有些忐忑，就怕自己貿然跑來會太過造次，甚至帶給他困擾。然而小肆沒有責怪，他露出的是一個風塵困頓後，終於得到溫暖的滿足笑容，還在騎樓邊就先給了我一個好大的擁抱。

小肆告訴我，今天下午的衝突本來是可以避免的，但因為集會活動的範圍很大，管制也不夠嚴謹，再加上參加示威抗議的群眾來自社會各角落，本來也不相統屬，所以根本誰也不想聽誰的。原先的演講、行動劇與音樂表演都是號召這次街頭運動的主辦單位所策畫的節目內容，然而後來不曉得是誰，居然在路邊的建築物上噴漆，這個動作引起了警方關注，而就在制止過程中，果然擦槍走火，最後演變成一場群毆亂鬥的暴動。

「妳知道最慘的是什麼嗎？」小肆洗乾淨了臉，把一堆汙垢都洗去後，我看見他額角跟臉頰上都有瘀青，他說：「阿春仔當時拿著麥克風，罵了一句髒話，那等於是在火上加油，把原本只是同仇敵愾的抗議群眾全都帶領著往火坑裡面跳。」小肆摸摸他臉上的傷，說這根本不知道是誰打的，他只是拚命地想制止大家起衝突，結果一邊是警察，一邊是抗議群眾，他在混亂中被人打了一頓，而後來警方開始強制驅離，也逮捕了幾個滋事份子，阿春仔就是那時候被警方抓走的。

「他被警察逮捕了？」我很驚訝。

「不會有事啦，都已經交保回去了。」小肆搖頭。他說後來一群人都回到「回聲」靜候著，到了晚上，阿春仔在律師陪同下回到店裡時，還接受了大家英雄式的歡呼，說這是一次成功的社會運動，也是向來關注基層民生與百姓苦難的地下樂團，一次非常值得嘉許的表現。

「可是你好像一點都不開心？」

「妳知道今天這件事情後，我們會落得什麼下場嗎？」小肆嘆口氣，點了一根香菸，在白色煙霧裊裊飄散中，他說：「一個會在抗爭運動中鼓譟群眾，還帶著群眾一起打架的搖滾樂團，是沒有一家唱片公司願意跟他們簽約的。」

我起初還有點不明就裡，不清楚他那句話是什麼意思，然而看著他面若死灰，閉上眼睛，半躺在地板上，背靠床緣，無奈地抽菸時，這才恍然大悟，那豈不表示他們原本商談中的唱片發行計畫要被迫中止了？

無話可說，除了錯愕之外，我從小肆身上感受到更大的無奈與絕望。任由菸灰掉落在地上，也任由喝完的飲料罐子擱置一旁，他全身懶洋洋，動也不想動。我靜默了很久，總覺得這樣下去也不是辦法，乾脆把他拉起來，叫他進浴室洗澡。

「沒力氣，不想洗。」他搖頭，居然轉身就想爬回床上睡覺。

「乖，去洗個澡，你會舒服點。」我一把拉住他，臉上是勉強振作起來的笑容，說：「天無絕人之路，也不過就是暫時少了一張唱片的發行機會而已，但是你今天不洗頭，明天身上就會爬滿跳蚤！」我自告奮勇，說要再幫他洗一次頭，又是拉手又是扯腳，最後才把這個人拖進浴室。

如果這時間小美忽然到來，大概一切就全完了吧？我在幫小肆洗頭時，心裡閃過這樣一個念頭，但那只是電光一瞬的掠過而已，都這當下了，不管可能承擔多少風險，我都希望至少可以幫這個男人稍微打點打點，也稍微重振一下他的精神，就算平常走的也從不是什麼開朗的陽光路線，至少我不要看到他悲傷難過的樣子。

幫忙洗過頭後，身體當然就讓他自己洗了，我回到房間，望著一室凌亂，深呼吸一口氣，把自己也滿身的疲憊感覺給強壓下去，立刻低頭開始收拾，即使他待會洗過澡，可能就會直接往床上賴，但這時我卻堅持要把亂成一團的棉被先摺好；若非時間不太夠，否則我也許還能擦個地板，甚至洗洗衣服。手腳飛快，不到二十分鐘，一切就盡歸原位，唯獨角落桌子上的那些東西我沒碰，因為那些瓶瓶罐罐是另一個女人存在的證據。

「妳明天不用上班嗎？是不是該回去了？」洗完澡後，小肆詫異地看看房間的整潔，又面帶苦笑地問我。

「那不重要。」而我模仿他的語氣，滿不在乎地回答。

我跟這個男人說，一張唱片合約而已，失去了也沒有什麼好惋惜的，「黑色童話」存在的意義，原本就不只是為了賺錢，倘若真簽了約、做了唱片，他們可能會被迫違背本意，去很多不必要的場合進行商業演出，屆時也許只會讓大家更不開心。夢想的實現方式有很多種，這條路不走，可以改走下一條，也許很多人會覺得惋惜，但起碼我個人認為塞翁失馬，說不定反而能讓樂團有更好的發展路線。

「妳不覺得如果有個更好的收入，可以帶來更好的保障嗎？」果然連頭髮都不吹，他直接躺在床上，挽著我的手，淡淡地問。

「我不認為一天到晚把未來保障的規畫給掛在嘴邊的樣子，會是適合你的樣子。」湊得近，我聞到他剛洗好的頭髮上，留有淡淡香氣。

「這樣不好嗎？」他幾乎已經快睡著了，輕輕閉上眼睛，聲音也很低緩。

這樣不好嗎？不，這樣當然好，但我知道那根本不是小肆這種個性的人會主動去思考或追求的方向。沒有回答，我轉過頭，看看矮桌上的幾罐保養品，再轉過頭來，我問：

「你愛她嗎？」

「愛。」

「那你愛我嗎？」

「愛。」

最後，我還是沒對那個未來保障究竟有沒有必要的問題做出回答，我覺得已經夠了，無論未來是什麼樣子，或者那些屬於未來的想像畫面裡有沒有我，至少此時此刻，他在愛她之餘，也還愛我，這樣真的就夠了。

你說你要一個未來，卻沒說那個未來之中有沒有我。

28

「為什麼我殘廢的這段時間，都不見妳來我家幫忙做家事，看是要洗碗也可以，刷廁所也可以，喔，我的櫃子壞掉了，是有打算換組新的，妳來幫我把舊的那一組給扛下樓去丟掉，好不好？」沒好氣的，小蔓問我。

「好啊，我鐘點費很便宜，一個小時只收一千二，這個妳說好不好？」我笑著反問。看我忙上忙下在幫著佈置，小蔓頗不以為然，甚至還吃起醋來。但其實她自己也沒閒著，儘管坐在輪椅上，不能隨便亂跑，然而她的雙手可忙碌得很，在一疊票券上填寫日期、蓋上店章，也幫忙將好幾疊酷卡分類擺好，那些透過贊助經費來製作的小紀念品與周邊商品也放得整整齊齊，一張長桌子儼然就是她個人專屬的戰場。

「左邊綁得太高了，稍微再低一點吧。」聽從若萍的建議，我跨坐在鋁梯上，小心翼翼地維持平衡，一邊將布條掛好，布條上面印著本來很可愛的娃娃，非常有童話風格，但插畫家為了符合「黑色童話」的精神，卻給它添了七孔流血的駭人裝飾，讓我在懸掛時都得特別避開視線，免得看多了，回家會做惡夢。

整家店裡到處都是工作人員，有些是原本就屬於「回聲」的人手，有些如我跟小蔓她們，則是義務幫忙的性質。大家孜孜矻矻，為的就是今天晚上的演唱會。傍晚五點左右，快餐店把好幾大袋的便當送來時，坐在角落裡，一邊跟小蔓吃著飯，我還看到珮珮手忙腳亂地跑來跑去，大家負責的工作都在硬體設備方面，包括各種佈置與材料的到位，唯獨她特別辛苦，一個人要做整個樂團的髮型設計。

「妳這樣做，真的值得嗎？」小蔓忽然嘆口氣，問我：「不是要潑妳冷水，但我真的很懷疑，妳這樣做的意義是什麼。」

「就跟妳們來幫忙一樣吧，妳們也不全然是為了這家店而來，今天做的這些，與其說是協助今晚的表演準備，但其實幫忙的對象是我，這當中有值得與否的問題嗎？應該沒有吧？」

「我們幫妳，是因為我們是朋友，那妳來幫他，請問妳跟他是什麼關係？是一隻等待主人偶爾撒下點餅乾屑，就搖著尾巴很開心去接來吃的紅貴賓跟飼主的關係嗎？」

「這不好笑。」我嘟嘴。

「我也沒在笑。」小蔓還瞪我。

我知道她們都很不以為然，儘管今天同樣都到場了，但小蔓可是那種只願花錢看演出，或者跟幾個玩音樂的朋友喝酒胡鬧，卻沒興趣兼任賣票工作的人；珮珮雖然原本就經常幫大家做造型，可是也沒有支領酬勞，況且今晚她還得一個人負責整個樂團的髮型設計，成本都是自掏腰包來支付；就連若萍也是，她向來是最不熱中這些的，今天不也挽起袖子，跟著我到處爬上爬下？會這麼義氣相挺，當然都只是為了我。

街頭抗爭的風波終於落幕，但對「黑色童話」的衝擊才剛剛開始，阿春仔三天兩頭被警察傳喚去說明，唱片公司果然也宣佈中止合作計畫，連帶的，他們好多場原本排定的演出機會都沒了，整個樂團的人沮喪了一陣子，直到前些天，一個公民團體找上門來，他們帶來的不只是活動邀請，還有企業團體的贊助經費，才讓在那次抗爭運動中一戰成名，卻灰頭土臉的「黑色童話」重新有了一次翻身機會，且也因此才在諸多單位的合作之下，有了今天晚上在「回聲」的音樂演出，聽說預售票已經全部賣光，而現場保留的門票看樣子也不夠外面排隊的人潮搶上十分鐘。「回聲」的老闆笑得合不攏嘴，樂團這幾個大男生也總算一掃陰霾，真如我所安慰小肆的那句話——塞翁失馬。

「這下妳開心了吧？妳的男人又笑了，妳看著看著，一定也跟著高興吧？可是笑又有個屁用呢？他又不會對妳笑多久，等一下活動一開始，他女朋友就會過來，人家在那裡眉目傳情，傳得甜蜜蜜，妳就準備忙收工，收工後還要哭哭啼啼找我喝酒。」看著後台那邊，樂團成員在忙準備，江涵予已經到來，他滿臉嘲諷地對我說。好幾天沒見，之前我擔心他的安危，還三天兩頭傳訊息，提醒他要注意傷口、記得換藥，付出了相當多的關心，而今天，他頭上的傷口好了大半，只敷著一層薄薄的紗布，卻忘了我的好心，反而對我冷嘲熱諷個沒完。

「你……你……」我實在不知道怎麼講才好，支支吾吾了半天，我說：「你難道就不能說幾句鼓勵的話嗎？要潑冷水，小蔓剛剛在吃飯時已經潑了我滿身都是，你就不能給點溫暖嗎？」

「我只是在提醒妳，記得先做好心理準備，免得待會可能會有些畫面，看到最後讓妳腦溢血。」他聳肩冷笑。

「說到這個，我才想起來，這筆帳都還沒跟你算。」我指著他，小聲地說：「早在我剛跟小肆在一起時，你應該就已經知道小肆可能有女朋友，但是你卻閉緊嘴巴不肯跟我說；後來小美真的要回來了，你也事先聽到風聲了，卻照樣連屁都不放一個，才害我淪落到今天這副德性。」

「葉心亭妳是瘋狗嗎，哪有這樣亂咬人的？」江涵予用誇張的語調說：「當初我怎麼知道妳會真的愛上他？一天到晚有多少無知的小女生都想去倒貼那些玩音樂的，想跟人家搞一夜情，鬼才知道妳是不是其中一個？再說，我也不知道現在會跟妳混這麼熟，那時候我根本不認識妳，我為什麼要提醒妳這些？這關我什麼事，我那麼雞婆要死？」

「那後來呢？後來你為什麼不說？」

「後來？後來我也只是懷疑而已，哪知道小美真的是他馬子？」

「少在那邊推推托托，總之你現在想閃也閃不掉了，」我「哼」了一聲，說：「如果今天晚上我看到什麼，忍不住一時衝動而犯下殺人案，你就準備以共犯的身分一起坐牢去吧。」我惡狠狠地說著，結果完全沒有威嚇效果，江涵予食指朝我一晃，只說了一句「神經病」，然後就混到其他人群裡去了。

我氣得渾身發抖，真想不管別人的目光，直接將這個傢伙拖過來狠狠打一頓，然而他四處轉了一圈後，忽然又晃回我身邊，問我身上有沒有兩千四百元。

「我還沒揍你，你就已經開始擔心醫藥費的問題了嗎？」

「醫藥費？妳想到哪裡去了？」他說：「上次不是跟妳說了，參加檢定考要繳交報名費嗎？我替妳完成報名手續，費用也先墊了，妳如果現在有錢，待會記得還給我。」

「江涵予！」瞬間大怒，我哪時候答應過要去參加那個考試的？正一把扯住他，結果後台那邊，小肆剛好跟包租公一起走出來，看到我拉住江涵予，他一臉納悶，害得我只好趕緊放手。

「斯文點，妳已經輸人家夠多了，不要連最後一點形象都沒了，好嗎？」拍拍我肩膀，江涵予轉身要走開前，居然還回頭再調侃我一句：「妳今天醜得很漂亮，真的。」

看得見美，是人之常情；看見醜得很美，可能是你對我有感情。

都怪那傢伙危言聳聽，活動開場前的最後半小時，我做什麼都心不在焉，滿腦子想的都是小美來了之後可能會有的情況。我在想，她會以怎樣的姿態到來？會不會跟我一樣，側身人群中，默默地給台上那個心愛的男人加油打氣？還是她會不顧眾人目光，直接給小肆一個擁抱與親吻？更甚至，她會不會一來就喧賓奪主，也不管我們這些辛苦了一下午的工作人員如何反彈，大剌剌的，儼然以今天的女主人自居，對我們頤指氣使？說真的，就算她如此表現，我可能也不會太訝異，畢竟樂團的四個男人都未婚，據我所知，香腸的女朋友向來不會出席這種表演場合，唯一有女朋友，還來過「回聲」的，也不過就小肆一人。他的女朋友當然可以代表整個樂團的「家眷」，對我們這些小嘍囉發號施令。而我也想起，自從小美回台灣之後，我在遇到「黑色童話」的其他團員時，他們對我已經不再像過去那樣熱絡，甚至有時還會刻意迴避我的目光，那眼神裡藏著的一點尷尬，他們或許自以為努力掩藏，我卻看得一清二楚。今天晚上，真正的女主角本尊將蒞臨現場，他們大概也都知道，所以一整天幾次照面，都不敢跟我亂開玩笑或多聊幾句。

對於小美的種種想像紛至沓來，讓我有些困擾，不過顯然是多心了，當時間一到，在負責開場的學生樂團的兩首歌演出之後，今晚的主角登場，燈光絢爛而音響效果震撼人心的同時，我手上拿著晚餐附贈的飲料，退到角落邊去，正想休息休息，看看演出，卻發現舞台斜前方，就在離我不遠處，有個不算熟悉，但我很肯定自己沒認錯的身影。

小美的打扮很樸實，只有米色休閒褲跟一件藏青色的襯衫，幾乎不施脂粉，頂多上點淡妝，她用髮夾把劉海夾住，沒有隨著激昂的音樂搖頭晃腦，臉上更沒有興奮與激動，她明明就在幾乎瘋狂的聽眾之間，卻又好像遺世獨立了一般，只是安靜地站在那裡看著演出，絲毫不受旁人影響，那種清新的感覺，跟綁起醜醜的馬尾、一件普通的黑色上衣卻沾滿灰塵，還全身都是汗味的我有著懸殊的天壤之別。

今天這些聽眾，有很多都是「黑色童話」原本的支持者，但有更多是來自於那些公民團體與贊助廠商包下的票場，對於樂團特殊的演出風格，他們似乎都頗能接受，尤其幾首很具社會批判意味的歌曲，他們更是聽得沉醉不已，每一首歌結束時，總是爆出熱烈的掌聲與尖叫聲，讓我差點以為自己置身在哪個跨年表演的現場。整晚的演出總長有兩個小時，中間會有短短的二十分鐘休息，但那可不是任由舞台放空，而是另一個學生樂團要上來串場。音樂演出正式開始後，我們這些義工的責任也還沒能完全結束，現場聽眾如果有任何問題，都會找上跟我一樣，手臂上貼著貼紙的工作人員。

「唷，妳還沒開始哭呀？」不知何時，江涵予忽然鑽到我身邊來，上半場演出結束前，他已經拍夠了舞台上的照片，現在開始回過頭，改拍起現場觀眾。

「我就算會哭，也是被你氣哭的。」我瞪他，但江涵予只是哈哈一笑，根本沒時間抬槓，轉身又鑽到一旁去了，我看見他爬到角落的架子上，居高臨下，正俯拍這些為了音樂而瘋狂的芸芸眾生。

該哭嗎？我幹嘛哭呢？我是這麼脆弱的人嗎？一邊生著氣，我忽然想起來，那次一起環島的途中，我終究還是因為放不下台北的這些而流下眼淚，那時我跟江涵予說過，再讓我哭這最後一次就好，結果他根本不鳥我，還說如果他只有七歲智商，就會相信我的鬼話。

我其實是不想哭的，眼淚就算不值錢，也不該這樣哭個沒完，儘管心裡很累，儘管最近這幾次，我又開始在捷運月台上躊躇不定，想看見小肆，又怕看見他房間裡那些屬於另一個女人的東西，這種矛盾與拉扯讓我心力交瘁，可是我不想哭，哭腫了眼睛不但無濟於事，也只會給小肆帶來壓力，那都不是我想要的。

可是我能忍得住嗎？當第二階段的表演開始，已經慷慨激昂了將近一個小時後，需要來點舒緩的音樂時，小肆沒彈貝斯，他改背起木吉他，獨自坐在舞台正中央的椅子上，輕輕地撥弄琴弦。那是一首他為我寫的曲子，我聽得出來。第一次聽到這首歌時，是在我家。那時小肆手上抱著的，是那把紅色愛心形的木吉他，在我面前，不疾不徐，邊彈邊唱。那是我剛從上海回來的時候，雖然當時我跟小肆的愛情正為了一個偶然闖入的不速之客而掀起一點波瀾，但那天晚上，我們選擇讓風波消散，兩個人很開心、很甜蜜，也是我以為全世界的幸福都將集中在我們身上的時候。

這首歌，你是為了我而演奏的嗎？今天一個下午，我們幾乎沒有交談，樂團團員有該準備的事情在忙，現場的工作人員也有料理不完的狀況，我們只在廁所外面，那堆放飲料的小走道邊匆匆交會過一次。當時四下無人，我本來側著身要讓他過，但小肆忽然抱住我，很用力地吻上我的嘴唇，那當下我嚇壞了，深怕被人發現，急著要推開他，但小肆把我抱得很緊，一直到他親夠了，這才甘願鬆手。

我真的很希望，從現在開始的每一刻，都能維持著好看的笑容，就像那天晚上一樣，即使你累了、受傷了，也疲倦了，我卻能露出笑容，陪著你繼續往前走。如果可以，我想要那樣就好，就別再哭了。但我知道自己做不到，這種強顏歡笑的表情，我維持不了多久，尤其是這個當下。

那首歌的歌名是什麼？我聽到其他樂器加入的聲音，阿春仔他們已經出現在舞台上，這是一首重新編曲過的情歌，以樂團的方式重新詮釋，變得比之前更加豐富，也更加好聽，但我不喜歡，真的不喜歡，比起華麗而細緻的樂團演奏，我更喜歡小肆只靠一把吉他，隨手彈奏、隨意哼唱的樣子，因為，只有在那個樣子時，這首歌，跟唱這首歌的人才是完全只屬於我的，而不是像現在這樣，小肆的歌聲溫柔，音樂伴隨藍色的燈光繚繞，但他深情注視的對象，是人群中一直默默存在著，卻誰也掩不住其細緻動人光采的女孩，那不是我。

你把屬於我的旋律給了她，也把屬於我的幸福，給了她。

有翅膀的夢想已經飛向遙遠的彼方，徒留街邊的人則飲鴆止渴，懷抱想望。

據說，孤單是一種容易傳染的疾病，所以我看見的只剩灰色的風景。

斷斷續續的，斷斷續續的。

你是最後終於脫手而去的風箏，

我是敲碎了心之後，依舊相信愛的傻子。

30

對我的提議感到相當不可思議，而且幾次出言反對，還差點要拉著我往回走，江涵予質疑，他說這種行為跟小學生有什麼差別？

「關小學生什麼事？」我問。

「只有小學生才會這樣吧？妳喜歡隔壁班的男生，可是隔壁再隔壁那個班的另一個女生也喜歡那個男的，於是妳就糾合了幾個班上的狐群狗黨，叫別人幫忙壯膽，陪妳一起去隔壁的隔壁班，看看那個情敵到底是何方神聖。妳敢說妳現在的行為不就是這樣？」江涵予說。

「不想跟的話，你大可現在就走，但也別怪我沒提醒你，你只要敢走開一步，或者壞了我好事，我敢保證，你這輩子都不可能再有機會從我口袋裡拿到那兩千四百塊。」非得要我出言恫嚇，江涵予才肯乖乖就範。

再次來到那個僻靜的巷口，我們依舊站在上次遠遠眺望的角落，江涵予顯得很不耐煩，可是我卻堅持。但堅持做這件事到底有何意義，這我說不上來，也還好他沒問，否則可就尷尬了。我想的其實很簡單，就只是想更進一步地了解自己的對手而已。正常的女人難道不是都應該這樣做嗎？小學女生都會這麼做了，更何況我？

「請問一下，我們現在已經來到這裡了，您老人家打算怎麼繼續進行下一步？」他一臉鄙夷地問。

「你確定小肆不會來吧？」我先問。

「對啦。」語氣不耐，他說：「樂團下午在『回聲』練習，我早上已經確認過了。」

「那你確定小美這時間正在上課，對吧？」

「基本上也不會錯，網路上查得到才藝中心的課程表嘛。」他又聳肩。

儘管很希望他能陪著一起進去，但後來我決定還是作罷，這人滿臉不悅，活像被人虧了幾千萬似的，帶他進去，只怕非但幫不上忙，搞不好還會壞事。我吩咐江涵予先到附近街角的便利商店坐一下，在那裡喝杯咖啡，靜候我的佳音就好。

「葉心亭，我最後一次問妳，妳真的要這樣做嗎？」

「有什麼不行嗎？」我反問。

「第一，這種行為真的很幼稚；第二，妳需要的從來也不是跟別人比較什麼，刺探敵情並不能為妳的愛情帶來任何正面的助益，反倒只凸顯出妳自信心的薄弱，而最重要的是第三點，萬一妳待會走進去，發現敵人的強大，根本不是妳所能抗衡的，那妳以後還要不要繼續跟別人爭？」江涵予很嚴肅地說，只是我知道自己已經沒有任何選擇的餘地，於是一個轉身，走進了那條小巷子。

才藝中心裡面瀰漫著一股很清新的香氣，感覺不是一般的芳香劑，這種植物香氛的味道一點都不刺鼻，反而讓人有種舒緩的感覺，再搭配迴蕩在空氣中，隱隱約約、輕靈優雅的爵士鋼琴音樂，我舒服得簡直都快要融化了。櫃台小姐是一位看起來非常有氣質的年輕女孩，一見到我走進來，立刻起身招呼。

在來這裡之前，我都已經盤算好，對著那位親切又誠摯的女孩，我說自己雖然未婚，也沒有小孩，但我的姊姊有一個小學五年級的女兒，最近家裡希望給她找項才藝來學學，所以特地要我幫忙留意居家附近的才藝中心。

「所以您府上是在附近嗎？」

「就在後面那條巷子而已。」我撒謊的本領原來這麼好嗎？講得一副連我自己都快相信的樣子，事實上我沒有姊姊、沒有外甥女，更連後面巷子長什麼模樣都不曉得。於是這個女孩邀請我到靠近窗邊的小桌前坐下，自己則從櫃台拿來一份才藝中心的簡介，還順便給我端來一杯散發濃郁薰衣草香氣的熱茶。

簡介上面很清楚地說明了這家才藝中心開設的課程種類與項目，同時也有師資介紹，以及每一堂課程的上課內容與時段。我特別留意繪畫課的部分，果然這時間確實是上課時段，而師資照片，赫然就是面容清秀，有一對水汪汪大眼睛，很漂亮的小美，看著那一小段學歷與得獎經歷的介紹，我心中暗自驚嘆，難怪江涵予剛剛要對我說那些話，看來他也是稍微調查過了，我這個對手確實有著一般人難以比擬的優秀與精采人生。

「林老師的課程詢問度非常高喔，」年輕女孩指著小美的照片對我說：「她目前一共開設了四個不同程度的繪畫班，如果您的外甥女以前沒有繪畫基礎，那我建議可以讓她試著從初級班開始，先體驗看看；或者她以前如果有學過畫畫，不妨就參加進階一點的班級也沒關係，這是可以彈性調整的。」

「每個班的人數大概有幾個？」我隨口問問，那個女孩告訴我，這兒不管哪一項才藝，全部都是小班教學，一班大約都在六到十個人之間，可以確保老師能關注到每一個學生的學習情形。

我一邊點頭，一邊又問：「感覺上，這位林老師應該是你們這兒的招牌名師，是嗎？」

「對呀！」笑靨可人，女孩告訴我，小美不但是這裡的當家台柱，而且，原來這裡的大老闆就是小美的父親，至於在這裡開班授課的老師們，要嘛是小美以前藝術學校的同學，再不就是這幾年在藝術領域中認識的好友，大家年紀都很輕，也懷抱著相當的理想，所以才一起加入經營行列。女孩特別強調，這些老師們最大的優點，就是他們都擁有熱情，可以讓小朋友在耳濡目染中，提升自己心靈的藝術性，而不是單純只學才藝、打發時間而已。

「這份簡介可以給我嗎？讓我參考一下。」我點點頭，說自己很喜歡才藝中心裡的裝潢擺設，也想稍微參觀一下。

女孩禮貌地點頭，然後起身，同時也告訴我，這幾面牆上羅列的都是才藝中心的老師們所創作的作品，連隱藏在牆角的音響喇叭裡所傳出的鋼琴樂音，也是這兒的音樂老師所彈奏的曲子。

來這裡參訪過的家長們，我很懷疑有幾個人可以抗拒得了這種誘惑，這家才藝中心所傳遞的，就是一種充滿藝術與人文的氣息，別說如果我真有小孩，肯定會想帶來這兒學習了，就連我自己，也忍不住有股衝動，想要報名學點什麼。

「聽說妳想幫家裡的小朋友報名，是嗎？」本以為整個大廳只剩我跟那年輕女孩，可以好整以暇，悠哉欣賞一下周遭的，但就在我對著一幅畫作出神時，背後忽然傳來聲音，讓我嚇了一跳。

「不好意思，打擾妳了。」沒料到會有如此近距離的接觸，我心裡一突。小美露出潔白的牙齒，客氣微笑，她跟我並肩站在一起，看著眼前這幅懸掛牆上的油畫。

「這是妳的作品嗎？感覺很棒，很有……很有意境。」我實在不曉得如何品評一幅畫作，也不懂這種藝術應該如何欣賞，勉勉強強，只好說個籠統的稱讚之詞。

「其實妳應該稍微退開兩步，帶一點點距離來看它的。」小美的聲音很甜，語氣也很柔和，讓人忍不住跟著照做，而我退開兩步後，也確實因為拉開距離而較能看得出整幅畫作的內容。那些原本一坨一坨五顏六色的顏料所塗抹的樣子，現在看來則是充滿浪漫意味的風景。畫作呈現的，是港口邊的風景，但每樣景物都被夕陽染得橘紅繽紛，海平面的盡頭與天空相連，就算我這種外行人，也忍不住被畫作構圖的角度所牽引，視線彷彿被吸了進去，就像親臨那個港口邊，遠眺著海的前方，而透過顏色的影響，又有一種淡淡的憂傷，讓觀眾的心情不由得要跟著沉了下來。

「這是我在英國的時候畫的。」小美在我旁邊說：「這幅畫取名叫〈思念〉。」

那瞬間，我有種惆悵與失落，側眼所看到的小美，她一邊欣賞自己的畫作，眼神中帶著深意，是不是回想起自己在英國時，思念男朋友的日子？懷抱著那樣的心情，她才畫了這幅作品？我有些矛盾與挫敗感，一來欣羡於她能如此大方地說出自己當時對男友的思念，一來卻又妒恨不已，還談什麼思念？妳現在不就已經擁有他了嗎？只是我一邊在理解女人思念男人的心情時，又不免感到諷刺與怨恨，我知道思念是苦的，但我寧可妳永遠飽嚐那樣的苦，因為當妳不再苦澀時，就等於我的甜蜜要被迫結束了。

「對了，妳親戚的小孩想學哪方面的才藝呢？」小美忽然笑出來，又對我說：「我們這裡可沒有能教『黑色童話』那種重金屬搖滾樂的老師喔。」

那瞬間，我忽然心頭一涼，差點沒暈過去，睜大雙眼，錯愕地看著她。小美依然是甜甜的微笑，說：「上次在『回聲』，我見過妳。」

「妳知道我？」怔怔的，我忘了應該隱藏自己的表情，她說的是一句稀鬆平常的「我見過妳」，但我反問的卻是一句完全洩漏祕密的「妳知道我」。

「妳沒有要學才藝的外甥女，對吧？」她點點頭，舉手投足間，總能維持端莊典雅的姿態，小美慢慢走到門口邊，問我願不願意出去聊一聊。

思念本該苦中還帶甜，卻是誰也不想嚐到的滋味。

「今天的幾個學生當中，剛好有兩位小朋友請假，另外幾個的程度也不差，都知道自己要畫什麼，進度也很理想，所以我可以放心離開教室，但也不能走開太久就是了，我們不妨開門見山，長話短說，妳看怎麼樣？」她表情之平淡，好似要跟我聊的就只是哪家連鎖超商的咖啡有折扣、點數換什麼贈品之類，絲毫沒有情敵間應該有的劍拔弩張。

「我知道妳是為了小肆而來的，但我希望這是妳唯一一次這麼做。畢竟我不是很擅長在這樣的微妙關係中聊天，也不認為還有第二次的必要。」小美說。

走出才藝中心後，我還以為她會帶我去街角的便利商店，但那可不妙，江涵予跟她算是認識的，要是碰見了可不太好，幸虧小美走的是另一邊，轉過巷口，我才發現那裡還有一家小咖啡館。大概是熟客了，一落座，店員微笑著，卻連問都不問她，而我點了聊備一格的冰釀茶，過不多時，跟我的飲料一起送來，小美喝慣的是焦糖瑪堤朵，而且不用吩咐，店員已經幫她做了外帶杯裝。

「妳認識小肆多久了？對他了解多少？」小美問，但沒等我回答，自顧自地說著：「我認識他快十年。高中還沒畢業，第一次逃家，就是為了他。結果逃不了幾天就被我爸逮回去，雖然沒被打個半死，卻也被軟禁了兩個星期。整整半個月，我的房門都叫他給反鎖，除了送飯來會打開之外，其他時候一律反鎖。」

「妳不用洗澡嗎？」我問了個蠢問題，顯然這是太低估小美的家境了，她笑著說：「我家的每個房間都有浴室。」

好吧，那我還能說什麼呢？一聳肩，我做了一個「請繼續」的表情。小美啜了一口咖啡，說：「我不知道妳對小肆的看法如何，但以我認識他十年的時間來看，我會說，有些人永遠沒能真正學會如何去愛人，他們從來也只會接受別人付出的愛而已，卻不知道在愛情裡，自己應該做點什麼。對於這樣的男人，不能給他束縛，也別奢求他會長大，如果妳選擇轉身離開，就更別指望他會從後面追上來。」

「在妳眼裡，小肆就是個這樣的人？」我有點不以為然。

「我知道妳會不認同，但我告訴妳，像小肆這樣的人，他的每一次愛都只是臨時的，也許當下很真心，但很可惜，也僅止於那當下而已，不只是對妳，對其他人也是；妳無須多加驗證，因為每一個正常的女人都承受不起驗證過後所得到的答案。甚至，我可以告訴妳，即使他同時跟好幾個女人交往，也都秉持著這樣的念頭。這一分鐘，他對妳的愛是真心的，可是下一分鐘，他對另一個女人的愛同樣也還是真心的。」頓了一下，她頗懷深意的眼光看過來，又說：「這一點，我相信妳是明白的，對吧？」

「但妳卻願意愛他，而且愛了十年？妳自己不覺得荒謬嗎？」

「妳這句話裡有很強烈的質疑喔，好像一點都不相信我的話，是嗎？」她不為所動，只是淺淺一笑，又說：「我這輩子只愛過一個男人，也只會愛他一個人。別人到底都是怎麼談戀愛的，這個我不清楚，也並不想太清楚，萬一非得知道不可，也絕對不會在知道了之後，還去複製別人談戀愛的方式來套用在自己身上。妳明白吧？我是學畫畫的，複製的愛情模式就跟贗品一樣，是世界上最沒價值的東西。

「要怎麼去愛一個人，尤其是愛一個那樣的人，一愛就愛個十年、二十年，我的方式很簡單，我只是守在這裡而已，不干涉他、不妨礙他，更不會試圖去阻止或改變他，愛怎樣就怎樣吧，沒有關係。當他終有一天覺得玩膩了、玩夠了，也玩累了，再也玩不下去，也沒人願意再陪他玩時，他會在一回頭時就發現，原來我是那個始終都在、唯一一個不曾放棄而離去的人，到了那時候，他就從此徹底只屬於我了。」

「妳不在乎在這段時間裡，會有多少女人跟他擦肩而過嗎？」聽小美這麼說，我感到無比荒謬，更覺得不可置信，明明有著那麼好的條件與背景，她卻選擇用這種方式來愛一個人？

「妳自己都說了，只是擦肩而過，不是嗎？」她反而笑了，但這種笑容讓我有種不寒而慄的感覺。小美又微笑說：「我知道，大多數的愛情故事都在歌頌那種癡情守候的女人有多麼偉大，也許在妳看來，我抱持的也是那樣的想法，荒唐、愚蠢，甚至鄉愿到極點，是不是？但如果真是如此，那妳誤會就大了，那些女人之所以只能守候，是因為她們別無選擇，但我之所以等待，卻是因為我知道，天底下不會有人能等得比我久，而這本來就是我主動選擇的方式。」

「不爭之爭，是嗎？」我冷笑，「妳怎麼知道不會有人耐性比妳更好？」

「用不著生氣。」無論我怎麼挑釁，小美的臉上始終都保持著笑容，她說：「恕我冒昧說一句，妳不是第一個為了小肆來找我的女人，我相信妳也不可能是最後一個。以前來找過我的那些人，也曾有人提出跟妳一樣的問題，但我一次也沒有擔心過，知道為什麼嗎？因為我根本不需要有任何情緒上的波折，也不用費心去勸退她們，更不必存著什麼想打敗她們的念頭，這些人，包括妳在內，妳們總會自己退出的。」

「為什麼妳這麼有自信？」我倒吸了一口氣，然後問她。

「妳覺得自己能忍受那種跟別的女人共享一個男人的感覺嗎？」

「我已經在忍受了。」我滿是敵意地說，然而小美搖搖頭，她只是淡淡地回答：「我說的是，除了我之外。」

帶著悵然若失的心情走出那家咖啡店，我連一口冰釀茶都沒喝，也不知道那喝起來的口感究竟如何，倒是小美堅持要幫我買單，在她起身時，最後一次回首，對我說：「我不會告訴任何人，關於今天妳來找我的這件事，但我也要提醒妳，要愛一個那樣的人，會遠比找一個人來愛妳要辛苦或痛苦得許多。除非妳能在一開始就跟我有一樣的決心。」

「妳在暗示我該退出，是嗎？」還坐在椅子上，我抬頭問。

「這已經不是我暗示就有用的問題了，不是嗎？」她還是微笑，搖搖頭，卻殘酷地說：「妳是一個已經陷在流沙裡的人，但我看不出來妳有求救的意願，所以……」話只說到這裡，但我早已明白了她的意思。

有一種人沒得救，特別是當他們自己選擇被愛滅頂時。

知道我認識江涵予，但小肆納悶，問我怎麼會跟他混得這麼熟，而我想了想，決定把去環島的事情說出來，同時也告訴小肆，這中間的過程實在是說來話長，但我必須強調，江涵予是個不錯的好人，他很關心朋友，也很能在適當的時候給予朋友實質的陪伴或建議。

會有這疑問，大概是因為在「回聲」表演那天，看到我跟江涵予打鬧的樣子吧，所以他有些好奇，然而也僅止於好奇而已，問問之後，小肆沒再多說什麼，連我提到環島的事情，他聽完大致的過程，居然也沒生氣或怎樣，只是側頭想了想，又說他對江涵予的了解雖然不多，但樂團很多次的活動都是拜託他來做攝影紀錄，印象中，他確實是個雖有主見，但又很隨和的人。

「你會很介意我跟他來往嗎？」還是有些不放心，我問。

「不會呀，幹嘛介意？」而他聳肩，說：「我相信阿江跟我不一樣，他是個守規矩，也很善良的好人。」

確實如此，相較之下，江涵予真的規矩很多，不像我眼前這個男人。一邊幫他洗頭，小肆的雙手卻很不安分，老是往後掏摸，結果我本來稍微退開一步，就怕洗髮精的泡沫會濺到身上的，現在兩條腿卻全都被他抹得亂七八糟。

「別亂動，你乖個五分鐘不行嗎？」

「這已經是我最大限度的乖巧了，」說著，他又跟一隻剛洗完澡的小狗一樣，用力甩了幾下頭，結果滿浴室都是泡沫碎花到處亂飛，當然我也跟著淪陷了。

雖然嘴巴老是叨唸他的搗蛋，然而這正是每次來他家，我們玩得最開心，也最讓我感到幸福的事。只有在幫他洗頭時，指尖輕梳過他的髮根深處，我才覺得自己好貼近這個男人，再也沒有距離，再也沒有縫隙。

上次那個街頭流血抗爭的事件總算慢慢落幕，樂團的活動也慢慢又回溫增加，尤其是在跟一些公民團體展開合作後，阿春仔一天到晚在跟別人開會，應邀寫歌或演出，他們正逐漸找回以前那些合作過的店家，繼續不定期的外地巡演工作。本來以為今晚他難得悠閒，可以讓我在這裡多待片刻，然而洗過澡後，小肆換上乾淨的衣服，居然主動自己吹了頭髮，一問之下才曉得，他晚上還要出門去一趟「回聲」。

「有個討論會要開。」他說：「晚上有兩個社運團體要談合併，雖然跟我們沒多大關係，但阿春仔好像跟人家敲定了有戶外開唱的場子，就在合併的那天要演出，所以我得去一下。」

所以我就這麼無奈地離開了，當我摘下那頂安全帽時，心裡有些茫然。這頂安全帽曾經只有一個主人，就是我。但現在呢？我嘆口氣，不讓縈繞腦海多日，一直讓我牽掛不已的小美的那些話又影響心情，我跟小肆揮手道別，他騎車往「回聲」去，而我看看手機顯示的時間，還早，卻已經站在捷運站的入口，想到今天原本想跟小肆談談的事情，竟然也忘了開口。那雖不是一件迫在眉梢的事，我卻有提早做出決定的必要，因為在許與不許間，會受到影響的，可是整個公司的人事調動計畫。

「所以妳就跑來找我了？」當我們見面時，江涵予瞟了我一眼。

「會來找你商量，表示我是很給你面子的，懂嗎？」說著，我從皮包裡掏出兩千四百元，往桌上一拍，那個見錢眼開的傢伙，唯恐我下一秒就會反悔似的，急忙收了起來，然後才問我到底是要談什麼事。

「其實已經醞釀了一段時間，這不算是最新消息，只是最近才跟我扯上關係。事情是這樣的，我們公司之前在大陸陸續拓點，還要成立海外事業部，那些籌備工作，我或多或少也有參與，而現在，局勢大致底定，只缺人事的安排定案而已。

「我們總公司在台灣，海外據點在開創之初，主要幹部當然也需要由台灣這邊調派出去才行，而我雖然還是一隻只有兩年多工作經驗的菜鳥，卻是口袋名單之一，很有機會雀屏中選，就看我自己爭不爭取而已。」

「這麼菜，人家為什麼要選妳？公司是不是快倒了、沒人才了？」江涵予皺著眉頭，打斷我的敘述。

「因為老闆跟主管都看得起我，也因為其他老鳥都有家庭、有小孩，給她們機會，她們還懶得要，所以業務部只剩我這個孤家寡人的倒楣鬼可以派出去了，這樣你滿意了嗎？我可以繼續講下去了嗎？」

「不好意思。」他點點頭，攤開掌心，說：「請。」

「要說工作呢，其實我沒那麼大的野心，當初應徵進公司，我想要的不過是混口飯吃，過個小日子就好，既不打算買車買房，家裡也沒窮到需要自己存嫁妝的地步。本來以為這樣就可以安然度日，但現在既然機會找上門來，我也沒有非得拒於門外的必要。只是又覺得，自己好像沒什麼動力去接受挑戰。」我一口氣把話講完，江涵予不住地點頭，最後才問我，到底什麼是海外事業部、到底我在哪裡上班，以及我到底做的是什麼樣的業務工作。

「你跟我有這麼不熟嗎？」我咋舌。

「從頭到尾，妳也沒聊過自己的工作啊！」他瞪眼，「我只知道你們公司規定要穿制服，而且是醜得要死的那種制服，是個不太需要加班的上班族，就這樣，其他的鬼才曉得！」

我現在開始懷疑，自己跟江涵予到底算不算得上是朋友了。莫可奈何，只好把自己的工作情形簡述過一遍，都講完後，這才問他意見。

「我有十足十的理由相信，這整件事情當中，妳最缺乏的應該不是要不要接受外派工作、想不想升官發財的動力；相對的，妳所考慮的，應該是那個讓妳放不下的阻力才對。」他沉吟了半晌後，說：「那天跟小美碰面後，妳的決心有動搖嗎？」

「一個陷在流沙裡的人，還有自己能做主的機會嗎？」我反問。

「沒有，所以妳就等著讓自己哭死的那天到來吧。」他聳肩，也不管我是不是要反駁，忽然轉個身，從掛在椅子上的包包裡掏出一本筆記本，攤開來，打算在這咖啡店裡給我補習。

「被你坑了兩千四還不夠，非得叫我去考試不可嗎？」我生氣地說：「我今天不是來找你上課的！」

「小姐，我有業績壓力耶，招不到考生我會死，招來的考生都考不過，我會死得更慘。」他雙手合十，「拜託妳，這考試真的很簡單，我會把所有的題目都告訴妳，就算完全沒基礎也沒關係，真的只需要兩個小時就能學會，我保證妳考到一張國際證照。」

「問題是我不需要這種證照啊！」我抗議。

「妳怎麼知道自己這輩子肯定用不到？」

「因為我的人生劇本是我自己寫的。」

「妳的人生劇本有照本演出過嗎？」像是在玩快問快答的遊戲，但來去不過兩回合，我已經被江涵予打擊得體無完膚。

我們就這樣莫名其妙地開始補習，按照他的說法，只要兩個小時，把題庫內容講解一遍，然後回家稍微再看一下就好，反正屆時考試舉行的地方是在他任教的電腦補習班，監考老師還是他本人，這種做做樣子的考試，只要我按照他的指示去操作，沒有考不過的道理。

那些題庫裡的東西，江涵予解說起來都很簡單，然而我卻一頭霧水，儘管學生時代也因為對攝影有興趣，為了修片的需要，連帶摸索過一陣子的繪圖軟體，但畢竟時隔太久，除了一些基本的觀念勉強還有，大多數指令操作的技巧，都隨著軟體版本的不斷更新老早忘光了。花了好長一段時間才結束課程，他講得口沫橫飛，我卻聽得頭昏腦脹。

好不容易結束課程，我已經眼冒金星，課堂中還幾度打瞌睡而被責罵，現在總算解脫，我伸了伸懶腰，一臉困倦。江涵予提議要送我回家，但我想了想卻搖頭，說自己還想轉乘捷運，去一趟「回聲」。

「今天星期二，店裡又沒有表演，去幹嘛？」他收拾起筆記本跟文具，一臉迷惑，但隨即也明白，我當然不是為了聽歌而去。

在機車上，聽我說完那天與小美談話的內容，江涵予出乎意料之外，居然只是點點頭，沒有多加評論。

「你不是意見特多的人嗎，幹嘛不說話？」車子騎得不快，已經夜深了，但台北街頭依舊紛紛擾擾，停紅燈時，我問。

「這種只能眼見為憑的事，我沒看過，所以有什麼好說的？」他回頭看我一眼，說：「我可沒有注意別的男人都帶哪些女人出門的習慣，小肆以前還跟多少女人交往過，這個我不清楚；再說，以妳葉心亭這種不到黃河心不死的臭脾氣，誰說什麼又豈有任何意義或效果？」

「你倒是很清楚我的個性嘛？」我冷笑，朝他的安全帽一拍，「騎你的車吧！」

夜風悶熱，盛夏季節已經到來，我吹著風，卻愈吹愈熱。想想江涵予說的其實也對，不管小美跟我說了什麼，也不管其他人贊同或反對，我走的始終都是自己決定的方向，別人勸也勸不來，而且不到最痛的時候，我往往不肯鬆手。那此時此刻，早過了該上床就寢的時間，卻堅持要去一趟「回聲」，是不是也是這種個性使然？大約二十分鐘左右，江涵予已經載著我騎車來到巷口。大老遠的，我看見店門口的招牌燈沒亮，稍微再近一點，除了樂團的箱型車停在店外，這裡別無一人，店家的鐵捲門也已經放下，根本就打烊了。

「沒人？妳會不會記錯時間了，也許他們不是今天聚會？」江涵予很錯愕。

我也很疑惑，但沒有跟他囉嗦，逕自下車，好奇地往前走幾步，四下安安靜靜，一點聲音都沒有，會不會是他們的會議已經結束？或者大家只是在這裡集合，然後就轉移陣地，到了別的地方？我納悶著，正想拿出手機，打個電話給小肆，不遠處的巷尾邊傳來腳步聲，在路燈下，我看到包租公跟香腸一起晃過來，兩個人都喝得醉醺醺，手上還拿著啤酒瓶，居然邊走邊唱著歌，一臉開心的樣子，而走得近了，一見到我，他們臉上也很訝異。

「今天不是有什麼公民團體合併的會議要開？還要討論表演的事情？」我看看包租公，再看看香腸，問他們為什麼會喝成這樣，然而包租公一頭霧水，香腸也完全在狀況外，兩個人面面相覷，卻是半句話都說不出來。

「你們今天沒跟小肆碰面嗎？」於是我又問，結果包租公搖搖頭，他說這兩天阿春仔的父親糖尿病復發，他趕回南部老家探視去了，根本沒有練團，也沒有事情要討論。說著，他還納悶地問問香腸，是不是阿春仔回來了，怎麼沒有通知樂團練習的事。

「謝謝。」不想理會這兩個酒鬼，我點點頭，轉身走回江涵予的機車旁邊。

「現在到底什麼情況？」他也還丈二金剛。

「送我回家吧。」淡淡的，我不讓自己臉上有任何表情，輕輕一扣，已經戴好安全帽。

「又變成要回家了？」

「不回家也沒關係，去哪裡都好，我想吹風。」沒跟回頭看我的江涵予對上視線，我的目光已經飄向了很遠的夜空。我想吹風，如果不小心有眼淚流下來，有風，就能吹乾它。

我的人生劇本是你寫的，我的眼淚是聽你指揮的。

徐經理跟我面談了許久，她代表的是老闆的意見，提出的條件也相當優渥，還說如果不是因為年紀大了，加上也想多花點時間陪陪退休的老公，這個肥缺她就自己要了。

「好好考慮，但別考慮太久，好嗎？」下班前，我走出她辦公室，這是徐經理特別叮嚀的話。而我一回到座位，楊姊她們立刻湊過來，想知道我的面談結果如何，可是我兩手一攤，告訴她們，還在考慮中。

「女人哪，工作那麼拚，會影響家庭的啦。」楊姊還是那一套，她說：「妳好不容易才交了一個男朋友耶，怎麼可以把他丟了，自己跑到大陸去？再說，演藝圈是花花世界，妳男朋友身邊一定很多誘惑，萬一趁妳不在，有別的女人想趁虛而入，那怎麼辦？」

我苦笑著，實在也沒有一一解釋的必要，有些事情，更是只有我自己知道就好。什麼演藝圈？楊姊到現在都還以為我交往的對象是什麼唱片製作人之類的嗎？

「既然她們都這樣誤會了，那妳應該將錯就錯，演得再誇張一點，就說我是方文山或李宗盛之類的名人好了，妳看怎麼樣？」笑得合不攏嘴，小肆一邊綁頭髮，一邊說：「等她們全都相信了之後，我就化個表演時的死人妝去妳公司走一趟，嚇死那些老太婆。」

「別嚇到我主管，害我丟工作就好。」我也大笑。

今天終於有機會跟他說了那個人事調動的計畫，小肆沉吟了半晌，問我自己的想法，但我搖頭，心裡想的是，你應該知道，我的想法通常都來自於你的想法。

這件事沒有在我們嘴裡討論出結果，順著坡道往上走，鶯歌老街映入眼簾。小肆說他其實並不喜歡這裡，相較之下，附近的三峽才真有點老街的規模，而鶯歌這邊則大多是現代建築，哪裡看得出半分老街的樣子？走在這樣的街道上，他完全無法激發出任何一點憑古而生的創作靈感。

「我們今天不是來找靈感寫歌的呀！」我伸手搓搓他的腦袋，「快點把樂團的事情丟一邊去，今天我們是來玩的。」

如果接受了那個人事調度，那麼，再過不久之後，我可就得一個人在大陸的分公司過週末了。為了避免到時候會有的無奈與孤單，我想多累積一點快樂的回憶。而慶幸的是小肆最近在練團與其他外務之餘，勉為其難總能排出個假期給我。

在一起時，他從來也不跟我談到小美，在他口中，我聽不到任何有關小美的消息，不管是工作、家庭背景，或者是他們曾有的經歷，乃至於現在相處的情形，小肆完全閉口不提，彷彿從來也沒她的存在似的。但我們其實都清楚，小美當然在，而且她從來也沒比我少用心，每天總有幾個固定的時候，小美會傳訊息來，提醒男朋友該吃飯或洗澡休息，或者分享幾張學生的作品，只是她很少打電話，大概是不想被小肆討厭吧，除非必要，否則我只見過小肆幾次在我面前接聽女友的來電。

有些事情我們心照就好，或許不說出口才是對的。但小美的事情可以不談，另一件事卻讓我隱隱掛懷，隨意瀏覽著老街上那幾家陶藝店的展售商品，我輕描淡寫地問，想知道那天晚上他去了哪裡，然而小肆避重就輕，他只說後來會議延期，他去了「回聲」，待不到半小時就乾脆又回家睡覺去了。

這是真的嗎？我心裡並不相信，如果他真的回家了，那一整晚難道不無聊？可是他跟我分開後就一通電話也沒再打來過，那表示他一定有事好忙才會這樣。我沒有戳破，更沒告訴他，其實當晚我在補習後也去了一趟「回聲」，還遇到了喝得爛醉的包租公他們。

正在分神，小肆忽然開心地往前一指，開口問我想不想試試看。那是陶藝商品販賣，但同時也開放民眾體驗手拉坏製作的店家，我們好奇地走進去瞧瞧，星期六的中午，幾個位置上已經坐滿了人，大多是家長帶著小孩來玩，瞧他們弄得亂七八糟的模樣，我覺得就算是我自己動手，下場應該也不會好到哪裡去。

「看，妳又想退縮了。」一瞬間就察覺到我的念頭，小肆已經舉起手來，跟現場工作人員報名，而我連拒絕都來不及，半推半就中，一條圍裙已經被工作人員給繫上。

「你真的知道這要怎麼玩嗎？」我戰戰兢兢地問小肆。

「當然不知道。」他若無其事地聳肩，還說大不了就是做出個破瓷爛瓦，讓大家笑笑而已，還有什麼好擔心的。

說的也是啦，我苦笑著，心想，這些工作人員應該早就看慣了，連笑都懶得笑了才對。

現場有指導的老師，他看起來才二十歲上下，非常年輕稚嫩，可是當他做起示範時，雙手不但靈巧，而且還能游刃有餘地講解。我看著陶土在他手中忽爾捏扁、忽爾壓長，非常柔軟，而且變化十足，心裡覺得新鮮，也慢慢地忘了自己剛剛的緊張。老師一邊講述，也一邊讓大家動手嘗試。小肆陪在旁邊，他雖然沒有親自下場來玩，卻不斷指指點點，要我注意老師的手勢，跟著一一照做，結果人家做起來輕而易舉，我卻弄得泥水淋漓。

「你來你來！」我想推給旁邊這個講得一嘴好陶藝的男人，可是他卻不肯，只叫我趕緊動作。

根據老師的說明，手拉坏大概可分為幾個步驟，最基本的就是要定出一個中心點來，只要中心點抓到了，陶土就不會在旋轉的轉盤上整塊飛出去，但說是這麼說，我坐在這裡，看著轉盤旋動時，泥漿土屑早已噴得滿身，連躲在我後面的小肆都被濺到。

「親愛的，本來可能有兩公斤的土，現在大概只剩兩百克不到了。」他皺眉頭。

「再吵，我就叫你把那兩百克給吃了！」我手忙腳亂之餘，還得接受這傢伙的調侃。一邊回嘴，一邊胡搓亂掐，結果老師那邊的動作很順利，而我的土坯不是拉不起來，就是施力不當，整個又變形扭曲，最後老師終於忍不住笑，問我們是否需要幫忙。

「拜託。」小肆沉痛地點頭。

「求求你。」我也哭喪著臉。

什麼開洞、處理底部，乃至於拉高或變形，後來都是老師代工做的，他一邊巧妙地塑形，一邊徵詢我們的意見，最後做出來的，是一個我跟小肆七嘴八舌提出意見後，根本就只有泡麵碗形狀的大碗。

「跟我想的不一樣。」小肆搖頭。

「我以為會是別的樣子耶？」我也納悶。

「二位可以再付一次錢，做一個你們做得出來的樣子，我沒意見。」結果老師忽然生氣了。

說也奇怪，這年頭，怎麼年輕人那麼沒有耐性呢？我們看著那個老師一臉晦氣，轉頭去教另一組小朋友玩手拉坏，心裡都有共同的疑問，不過人家已經幫忙做好了整個造型，我們也不好意思再強人所難。過了半晌，老師又走過來，問我們要不要在這個大碗上寫下什麼字樣，比如我們兩個人的名字也好。我想了想，看看小肆，而他也沒用什麼刮刀之類的來刻畫，直接伸出手指，在那個碗上面寫了一個4字，然後換我畫了一個愛心。

「這是你們的名字？」老師疑惑地問。

「這是他的名字。」我點頭，指著那個4字。

「那是她的名字。」小肆指指愛心，一副打算揍人的樣子，還補問一句：「你有意見是不是？」

我喜歡他站在我前面，很大聲說話的樣子，也喜歡他把那個醜碗交給工作人員後，拿起濕紙巾，細心替我擦拭臉上髒汙的樣子。雖然得等上三個星期，燒好的陶碗才能出窯，經由宅配交到我手上，但沒關係，我願意多等一下子。

「別動喔。」用濕紙巾裹住我一束頭髮，由上而下滑過，把沾在髮絲上的土屑給抹去，小肆眼神專注。正忙著，我忽然聽到他口袋裡傳出了手機鈴聲，那當下，小肆幫我把泥巴擦乾淨，一邊看著我，臉上有開心的微笑，同時掏出手機，還沒仔細看來電者是誰，已經按下接通鍵。

那應該不是小美打來的，星期六，才藝中心的課程很滿，而且這應該也不是她會打電話的時間。所以應該是其他人吧，是樂團的人，還是樂器行那邊的學生？小肆把濕紙巾交給我，他忽然轉身，往旁邊走開了幾步，那瞬間我的心突然一沉。來電的人不是小美，但除了小美之外，在我面前，他從來沒有不方便講電話的情形。

人所不敢面對的，往往都是來得特別快的。

這件事，我沒再告訴任何人，即使是小蔓她們，或者是江涵予。不說，是因為我再也說不出口了。我想起小蔓她們一開始就反對的立場，再想想江涵予曾告訴過我的，戀愛的對象當然可以絕對自由，但絕對自由的代價，就是必須接受所有伴隨而來的後果，不能再有怨言。怨言，我想我是沒有的，我有的只是不安，很濃很厚重的不安，壓得人幾乎喘不過氣來，不曉得為什麼會這樣。我在想，是不是因為阿燕跟小美，她們的出現都讓我猝不及防，所以連感到惶恐都來不及，只能倉皇應對，但這回，我已經察覺到明顯的異狀，卻又摸不著頭緒，連敵人藏身何處都無從掌握，所以才會有這種不安的感覺？

我第一次來到電腦補習班的教室，裡頭只有大約二十幾個座位，每個人面前都有一部電腦，江涵予這個監考官非常不盡責，從考試一開始，他就獨自坐在講台邊，準備看雜誌來打發時間，連核對我們的准考證都沒有。在這裡應考的，大概有一半都是他運用人情攻勢，強迫來參加的考生，那些人跟他都很熟，考試中，他們偶爾還會聊上幾句，我猜應該都是他玩攝影的同好吧，那幾個男人顯然也非常嫻熟圖像處理軟體的操作技巧，絲毫沒有臨考的緊張感，居然還有說有笑，甚至在跟江涵予討論下次攝影展的內容走向；另外一半，則應該都是這家補習班原本的學生，他們的表情相對就顯得認真許多。

「妳應該沒問題吧？」開考前，他只問我這一句，而我點點頭。

內容真的都很簡單，全在題庫裡面出現過，我花了大約一個小時順利完成測驗，而且分數也立即公佈，果然得到將近滿分的漂亮成績。結束這場無意義的測驗後，他還有事要忙，我也無心逗留，稍微打個招呼，準備要離開，而他似乎有話想跟我說，只可惜現場考生太多，有人要找他討論剛剛考試的內容，他那些哥兒們則迫不及待地想跟他繼續聊聊攝影的心得，不得已，只好無奈地跟我揮揮手，又比出一個講電話的手勢，示意晚點聯絡。但我相信他今天是找不到我的，因為一走出補習班，上了計程車後，我立刻把電話給關機了。

「小姐，我可以下車抽根菸嗎？」頂著一顆大禿頭，身上穿著整齊的白襯衫跟深藍色背心的計程車司機以非常有禮貌的態度開口詢問，但我只微微點頭。

司機大概已經忍了很久，在路邊痛快地點起香菸，用力吸了好幾口，一根菸抽完後，他打開門，探頭進來，問問坐在後座的我：「小姐，我可以再抽一根菸嗎？」

「你要整包都抽完也沒關係，我不介意。」我冷冷地回。

走出補習班後，我在路邊攔了這部計程車，開口就問，從即刻起，一直到晚上十二點，我想要包下這輛車，請他開個價。司機想了想，跟我說了一個數目，而我點頭，上了車，一路開到這裡後，卻要他停在路邊，哪裡也不用去，只要等候我的吩咐就好。

大概沒遇過這麼奇怪的乘客吧，在等待時，他幾次找我攀談，然而我目不轉睛地直盯著外面，始終愛理不理，最後禿子司機也放棄了，沉默許久，這才問我能不能抽菸。

我不知道這樣的等候究竟會持續到何時，也不知道能等到什麼，不只那個司機一臉茫然，連我心中也擺盪不定。我想等到一個畫面，可是那畫面卻可能是我自己都不忍心看見的。

傍晚，天色漸暗，我拿出預先買好的麵包，自己掰了一小塊，和著寶特瓶裡的礦泉水吞下，其餘的，全都送給了坐在前座，大概早已飢腸轆轆的司機，只見他三兩口把麵包吞了，從後視鏡裡看著我，說了謝謝，而我沒有搭理。於是他只好閉上嘴巴，拿起擱在副駕駛座上的報紙，就著車內的微光，慢慢閱讀了起來。

「走。」又過了好久之後，我拍拍他的椅背，忽然出聲，還嚇了他一跳，「跟著那輛機車。」我說。

在台北市，要以汽車追機車，其實是一件很不容易的事，尤其是此刻正值下班時間，車水馬龍，壅塞不通，但既然都讓我把車給包了，又是閒置很久之後才終於得到開車的命令，禿子司機二話不說，加足馬力往前奔馳，同時還不忘問我一句，要不要把對方攔下來。

「別跟丟了就好，我想知道他去哪裡。」我一說，司機又從後視鏡再看我一眼，他大概心下已經了然，這肯定是個閨怨女子想追蹤男友的動向。於是一個換檔，車子往旁竄出，保持大約百來公尺的距離，穩穩地跟在小肆的機車後面。

他本來就不是很喜歡騎快車的人，再加上這附近沒什麼汽、機車分流的道路，因此我們跟得很順遂。一路來到萬隆捷運站附近，他忽然轉進一條巷子，禿子司機也急忙打起方向燈，跟著把車開進去，而就在巷子尾端處，機車慢了下來，我看見小肆在路邊停車，然後摘下安全帽，臉上沒有太多表情的他，掏出一根香菸來點著，像在等待誰的過程中，打發一下時間似的。他旁邊那是一棟商辦大樓的後門，不過鐵門緊閉。整條巷子沒有其他人車進出，而我們停在稍遠處，也沒敢妄動。

「小姐，現在怎麼辦？」司機問。

「等。」我說。

大約過了十分鐘左右，那道鐵門終於打開，一連走出來幾個年輕男女，有些人熱絡地跟小肆打招呼，還有人拍拍他肩膀。我雖然一次也沒來過這邊，但知道這是一個公民團體的集會本部所在。這個團體的名稱，我曾聽小肆說起過一兩次，為了方便行動，我在去江涵予那兒考試前，還預先透過網路查詢地址，地址就是隔壁巷子，也是這棟商辦大樓的前門方向。那群從後門魚貫而出的年輕人當中，有好幾個人穿著印有該團體名稱的上衣。

身子稍微往前傾，我湊在駕駛座旁邊，想看得更清楚些，結果那群圍著小肆說話的人在寒暄過後開始散去，唯有最後一個留下的，那是個年輕的女孩，她穿著黃色上衣跟牛仔褲，也有一頭好看的長髮，我看見她戴上應該屬於我，但後來所有權卻被小美瓜分的安全帽，然後跨坐上車。

「還要跟嗎？」

「再跟。」我點頭。

他們要去哪裡呢？這華燈初上的台北，應該多的是年輕男女可以約會的地方吧？我什麼都不怕，就怕小肆載著她，會回到他自己的住處去，那會讓我產生太多不堪的想像。所幸，機車一直朝著另一個方向跑。一路來到公館附近時，路上的車流量已經太大，幾乎快要跟丟，我舉目四顧，完全沒發現他們的蹤影，心裡正著急，司機忽然叫了一聲，指指路邊，說：「在那裡。」

那是一家不起眼的小路邊攤，小肆把機車直接停在人行道上，兩個人坐在騎樓下的小桌前，似乎聊得頗開心。我請司機把車子停靠到稍遠的路旁，一邊望著他們，一邊拿出手機，按下電源開關。

江涵予打了至少五六通電話，還傳過簡訊來，說今天看我神色不太對勁，而我考完試就急著走，電話也不開機，他擔心地問我是不是發生了什麼事，要我看到訊息後，盡快回覆他。但我沒有理會，因為這也不是跟他糾纏囉嗦的時候。我目不轉睛地看著小路邊攤那兒的一舉一動，然後撥出了電話。

「機車壞了，爆胎，我現在人在機車行。」讓穿著黃色上衣的女孩坐著繼續吃麵，他走到路邊，話筒裡傳來街頭的車流聲喧，小肆說：「妳今天很忙嗎？怎麼都沒打電話給我？」

「下午去考試呀，江涵予拜託我去湊人數，考了一張繪圖軟體使用的證照。」我露出疲憊的聲音，說：「現在才剛回到公司。」

「為什麼又回公司？」他疑惑。

「就算不去大陸，該做的工作也一樣得照做呀，不會加班太久，我大概八點前可以離開，去找你好不好？」我問。

「今天恐怕不行喔，晚上還有點事。」他躊躇。

「要練團嗎？」

「不是，但妳知道的。」他說：「待會把車修好，我會把手機先關機，明天一早再打給妳，好嗎？」

他這樣問著，但我遲遲沒有回答，隔了半晌，這才問他：「小肆，你愛我嗎？」

「當然愛妳。」他臉上有微笑，可是微笑的對象卻不是我，而是那個坐在小桌前，正挾著麵條，但也望著他的女孩。

沒有說再見，我掛上了電話，最後把頭轉回來前，我看到小肆左手拿著手機，那條象徵我一生寄託的銀色手鍊在他手腕上兀自反映著街邊的光芒，他戴著那條鍊子，走到女孩身邊，輕輕吻了一下她的額頭。

我終於願意相信，你是真心愛我，卻同時也能愛著別人的。

比起江涵予或小蔓她們，我此時最想找的人其實是小美。我想告訴她關於今天所發生的一切，那些我所看到與聽到的一切。我相信小美絕對不是打從一開始就抱持著那樣的想法與態度，而我今天遭遇到的，她以前一定也遭遇過，而且次數肯定比我還多，我想知道，她在看到那些畫面時，心裡是怎麼想的，是否難過、是否悲傷，是否跟我一樣，痛到忽然失去了痛的感覺？

但我沒有真的跑到那家才藝中心，我只是乖乖回到自己家，在木然失神但又慌亂無主的狀態下，只好找事動手，把屋子收拾得乾乾淨淨，也去洗了個澡，最後坐在床邊，看著小肆的那把紅色吉他，看到心慌不已時，這才惶惶然地穿好衣服，趕緊又逃出門外。

但我能去哪裡呢？在路上亂走了很久，兩眼失神，只能望著不斷來去的人車發愣，最後我拿出悠遊卡，通過了閘門，又走進捷運站，但兩邊列車都來回經過了幾趟，我卻不曉得該往哪一邊去才好。

一直維持著恍惚失神的狀態，我靠在牆邊，幾乎快要站不住腳，呼吸變得很不順暢，急遽起伏的胸口，讓我有種快窒息的感覺。不知過了多久，穿著橘色背心的站務人員走過來，問我是否還好，那當下我依舊驚慌，只想趕快逃開，眼前看到捷運到站的紅色警示燈亮起，我揮揮手，推開那個站務員，歪歪斜斜地往前走到月台邊。大概以為我想輕生，他緊張地一路尾隨，隨時準備伸手抓住我，但還好，我只是跟著其他乘客慢慢挨進了車廂裡，只是車門關上時，我就知道一切都在這瞬間被決定了，因為這班車是往小肆家的方向。

該去找他嗎？該上去嗎？猶豫著，當我抬頭看到四樓的燈光正亮著時，心裡還矛盾不已，但我自己也知道，或許已經到了別無選擇的時候，對比於前幾次所發生過的那些事，這一回，我是親眼所見、親耳所聞，太震撼也太難堪的畫面讓我無法承受，怎麼逃都逃不掉，怎麼甩也甩不開，我完全無法跟以前一樣，找個洞躲起來，當一隻靜待風波過盡的縮頭烏龜，我能做的，就只剩下坦然面對而已，可是坦然面對的後果是什麼？我自己想都不敢想。

樓下的鐵門沒關緊，可是我沒直接上去，拿出手機，自從傍晚開機後，江涵予又打了兩通電話，我也依舊沒接聽、沒回覆。小肆大概沒預料到我會再打來，所以沒真的關閉手機電源，他在接聽時，聲音顯得有些錯愕。

「你可以下來嗎，我在樓下？」我顫巍巍的聲音說。

「但是小美……」

「小美這時候雖然不在才藝中心，但她也不會在你這裡。」打斷了他的話，我說：「不要叫我上去，好嗎？我知道那不好看。」

儘管晚風悶熱，但他頭髮還濕淋淋，兀自滴著水，身上只套了一件黑色襯衫，連釦子也沒扣好，走到面前時，小肆不像平常那樣，給我熱情的擁抱，他只是把手插在口袋裡，像平常那樣，老是垮著一邊肩膀站著，但表情淡漠得讓我都覺得陌生。

「你答應過我的事情，你還記得嗎？」目光呆滯地望著地上，背靠著騎樓邊的柱子，我聲音低低地問：「阿燕那件事之後，我要你答應過的，你還記得嗎？那個約定。」

「那重要嗎？」他也只是淡淡地回答，而我點頭：「重要，很重要，我想不出來，還有什麼事情能比那更重要。」

「心亭，妳知道我們活在這世界上，都只是短暫到不能再短暫的時間，什麼都是臨時的……」

「對你來說是那樣，對我卻不是。」打斷了小肆的話，我忽然抬頭，認真地看著他，「我知道人都會老，人都會死，但不能因為這樣，還活著的時候，說過的、答應過的一切，就可以說那都不重要，就可以當作完全沒有存在過吧？你不是很想認真規畫未來嗎，那你就更不該還說出這種話的，不是嗎？」

「妳到底怎麼了？」他皺眉。

「我知道你的機車今天沒爆胎。」我搖頭，淡淡地說。

那是一段好長久的沉默，我們彼此都沒開口，他的目光不知飄向何方，而我則又低下頭來，長髮遮蔽了眼前的一切，最後，我聽到小肆說了一句對不起。

「不要跟我道歉，也不用跟我道歉，你其實沒有做錯任何事。」我稍微抬頭，發現他也正看著我，「你一直都按照你自己的方式在生活，是我貿然闖了進來，該道歉的人，或許是我才對。」

「心亭……」

「真的，我沒有要怪你的意思。」稍微揮手，我說：「我才是那個應該道歉的人，因為我不但走進了你的生活，還想要勉強你，要你為了我而改變。但我知道，任何的改變都是不應該的，因為一旦變了，你就不是你了，就像你說過的，永遠不會剪掉你的長頭髮一樣。所以，對不起這三個字，你就不要再說了，好嗎？你還是你，我還是我，我們沒有誰遺忘了初衷，只是打從一開始，原來我們的初衷就不同。」我一邊逐字地把話說出口，一邊卻覺得自己的心，隨著說出口的一字一句，慢慢的、慢慢的，正在逐漸掏空，當我把話講完時，已經整個人茫然空無到了極點。

小肆臉上有難過的表情，像是一個犯錯的孩子，走上前一步，張開手想與我擁抱，然而我卻雙掌輕推，阻止他靠過來。

「沒關係，我沒事。」說著，我的眼淚終於忍不住落下，「就到這裡了，到這裡就好了，好嗎？我曾經以為，因為你，真的是因為你，我才有了勇氣，從自己原本封閉的框框裡跳出來，是因為有你，我才有了不同的眼光，可以看看這世界，也是因為你，我才覺得世界原來這麼大。可是，小肆，你知道嗎，你的世界，終究還是離我太遠了，我做不到那個樣子，我本來以為自己可以的，以前那些，我也真的都熬過去了，但是，到這裡、到現在，我才發現，有些事情，原來不是我可以自己說了算，就算我嘴巴上面說沒關係，但這裡，這裡，」我摸摸自己心口，說：「抱歉，真的很抱歉，我辦不到。」

「妳曾經給過我機會，難道不能再給我一次機會嗎？」

「那不是誰要給誰機會的問題，而是……而是你跟我所處的世界，本來就不是同一個世界的問題，你明白嗎？」我搖頭，「以前我以為，只要繼續努力，這兩個不同的世界總有融在一起的一天，可是現在我知道了，我們不管怎麼走，永遠都不會有走到交會的時候，因為你跟我，儘管都在往前，卻是朝著不同的方向。」

「妳聽我說，好嗎？我們……」不讓他開口，我喊了一聲：「小肆，你該長大了，好不好？你真的應該長大了，好嗎？」他長嘆了一口氣，而我止遏不住的眼淚已經流得滿臉都是，就在那當下，我聽到鐵門推開的聲音，那個長髮女孩納悶地走下樓來探看，她身上穿的已經不是原本的黃色上衣，我看見她穿著小肆的衣服，很寬大，上面還印著「黑色童話」這四個字。

「最後一次，我想要你看著我，親口告訴我答案。」我沒有伸手抹去眼淚，卻問他：

「小肆，你愛我嗎？」

「我愛妳。」沒在那個女孩面前有絲毫避諱，小肆很認真地點頭。

「好，謝謝你。」我由衷地感激，站直了身，走到他面前，在他臉頰上輕輕一吻，也將自己滿臉的眼淚沾上了他的唇邊。小小聲的，我說：「請你就愛我，愛到這一分、這一秒就好，好嗎？以後你要自己保重，自己洗頭，洗完記得吹乾，別像現在這樣。」稍稍退開，望著他垂垮的肩膀下，左手腕還繫著那條鍊子，我哭著說：「最後一個要求，你可以把它還我嗎？我覺得，你可能沒辦法再戴著它了，所有的一切，我已經都給你了，一點、一點都沒有保留，也沒有剩下，就只有這條鍊子而已，可以嗎？請你把它還給我，好不好？」

沒有人忘了初衷，我們只是從一開始的初衷就不同。

我會在折翼後，依舊勇敢向前走，

只是這回的旅途中，不帶眼淚。

誰的名字是我刻意遺忘的行李；誰的笑容是我等候的明天。

在幸福的盡頭還有，還有真正的自由，還有我該擁有的，等另一個人來給我。

36

「妳真的答應了？」小蔓有些錯愕。當我告訴她們，自己已經接受徐經理徵詢的人事調動佈局時，她們無不露出訝異的表情，瞪大雙眼，半晌說不出話來。

「妳知道這一去是多久嗎？」若萍搖頭嘆氣。

「回來的時候，幫我在免稅店買香水！」只有無知的吳珮綾是開心的。

坐在東區的一家輕食店裡，美其名是慶祝小蔓終於結束輪椅生活，但事實上，她拄著拐杖根本走不了幾步路，也不過是做做樣子而已，手一痠、氣一喘，若萍還是推過輪椅來，而小蔓也懊惱地又坐了回去。

「最近還好吧？」趁著珮珮跟若萍一起去洗手間，小蔓忽然問我。

「大概也就這樣了。」我苦笑，嘆了一口氣。

那天晚上，我哭著走路回家，原來幾站捷運的距離，走起路來卻很遠。但我絲毫不覺得腳痠，只知道一步步走到住處樓下時，都已經大半夜，街頭巷尾一片靜謐，我只聽得見自己哽咽的聲音，而回到樓下時，忽然看到刺眼的車燈亮起，江涵予皺著眉頭，一臉憂心地在那裡已經等了不曉得多久。

沒有上樓，但也沒有去喝酒，我坐上他的機車，根本沒關心會被載去哪裡，只知道當晚風吹在臉上時，有一種迷茫的感覺，我像是掉進了一個深邃的洞穴中，跌得好深好深，但落地時卻有種輕飄飄的感覺，我知道自己已經死了，支離破碎，可是卻不痛，只有麻木。這種奇特的感受維持了好久，當我再次回神時，竟已看到遠遠處的天邊有微光，抬頭，漆黑的夜空此時已呈現深藍色，居然連天都快亮了。江涵予帶我來到的地方，是遠在宜蘭的一個小火車站附近，這兒隔著馬路就是堤防與沙灘。我在微光中，隱約可見遠遠的海平線，也似乎看到了矗立在遠方，還朦朧中的龜山島。

「還好嗎？要不要喝點水？」儘管沒有問出口，但江涵予大概也明白是什麼事了，所以他一路上都沒說話，只是讓我盡情享受吹著風的感覺，而下車後，也只問我是否口渴。

「我知道會結束，卻沒想到是在這種情況下結束。」一出聲，嘶啞的嗓子連我自己都訝異。江涵予聳個肩，完全沒有安慰，他只說了一句：「不管是怎樣的結局，都不會讓人太意外，而妳也確實應該這樣痛著。不痛，妳就不會知道自己原來愛得有多深。」

「這樣痛，要痛多久？」我呆呆地問。

「痛到妳不再覺得痛的時候，一切就好了。」他嘆口氣，見我一直握著掌心，又問：「那是什麼？」那時我才驚覺，原來自己緊握的拳頭一直沒有鬆開過。攤開來，那條銀鍊上雕刻著精緻的鳳凰圖案，斑斕起伏的紋路還微微反映著光。

「那不是在小肆手上的東西嗎？我之前拍照時有注意到，是他給妳的？」

「是我給他的。當初，我以為他是可以接受這條鍊子的人，」說著，我朝著遠遠的方向，把鍊子拋了出去，在曙光乍顯的黎明時分，它在半空中劃了一道弧線，微光閃爍，終至於落下後的隱沒，「曾經以為。」我說。

毫無調職外派的升遷之喜，在這段沉寂的時間裡，經常跟徐經理與其他幾位高層主管開會討論，內容大多都是海外事業部的經營方向與諸般細節。原本只是一個小主管，我需要照看的事情並不多，然而一旦外派出去，就得開始獨當一面，這些主管們一再耳提面命，徐經理也把自己畢生的經驗傾囊相授，當我在原先所屬的部門辦理完交接後，楊姊她們主張辦一場小聚會，但我婉拒了，反而叫了外賣，一群人在公司裡開心吃點東西就好。

「加油，一切順利的話，要不了幾年，妳應該就是公司裡最年輕的經理了。」拍拍我的肩膀，咬了一塊披薩在嘴裡，徐經理對我說。

「我真的沒有想要當女強人呀。」我哭笑不得。

「那就趕緊找個愛妳的男人，不然妳就只好等著回台灣接我的位置了。」她笑著說。

整個公司只有徐經理知道我已經恢復單身。那天清晨，我在宜蘭那個小車站裡上了一次好久的廁所，但其實我沒如廁，只是蹲在廁所的牆角邊，回想著自己把手鍊甩出去的那一幕，邊想邊哭而已。當我終於哭夠了時，也是江涵予終於忍不住跑進女廁來敲門的時候。走出洗手間，我在洗臉時就覺得有些頭暈，哪知道一回台北便立刻出現感冒症狀，結果一病就病了兩三天，江涵予迫於無奈，只好三天兩頭給我送飯送藥。

病癒後，回到公司的第一件事就是走進徐經理的辦公室，跟她說了自己的決定，我說我願意去上海。那時徐經理圓眼一睜，問我是不是發生了什麼事。我佩服於她的洞察力，也感謝她的貼心，當時徐經理只說了一句：「妳值得一個愛妳的人，沒關係，慢慢來。」

「慢慢來」需要多久的時間？暫定的外派時間是一年，一年夠嗎？夠讓我忘掉這一切，重新再來過嗎？我知道有些事情是不可能忘記的，也知道在許多人際關係的牽扯下，我跟「回聲」也是切割不開的，跟「回聲」切不開，就有可能再遇到小肆。遇到他是沒關係，問題只在於，當我們若干時日後再次重逢，我會有什麼樣的心境而已。

「會不會消聲匿跡了一年之後，等妳再回台灣時，手上就抱著一個胖嬰兒？」江涵予聽到我即將出國的消息時，問出口的居然是這麼個蠢問題。

「你真的以為愛情是這麼……這麼……」他的蠢問題經常讓我有種不曉得該怎麼說才好的無奈感，一隻手舉起來也不知該做何手勢，隨便空揑幾下，我說：「你知道嗎，江涵予，從你這句話裡，我看到的就是一個對愛情完全缺乏理解能力的傢伙，當然也沒有經營愛情的能力，甚至，你……你一整個人，從頭到腳，呈現的就是一個毫無洞悉人類情感能力的樣子。你拍那些人物照片時，到底有沒有真的觀察到他們的心境呢？」

「我不懂愛情？我沒有經營愛情的能力？」他瞪著我：「如果不是我，妳失戀那天晚上就已經跳海死了！就算當天沒死，妳隔天一病不起，現在也已經辦完喪事，骨灰都擱在靈骨塔裡了！我不懂愛情？妳居然好意思說我不懂愛情？也不想想妳每天哭喪著臉過日子，是誰一天到晚去陪妳吃飯、陪妳聊天，才讓妳度過情傷的？」

「你陪我個屁，你只會叫我盡量哭，說什麼哭到累了就好了的屁話而已。」我生氣地大吼：「你懂個屁愛情，你有本事證明給我看，不要光會耍嘴皮子好嗎！」

「妳真的以為我沒這能耐嗎？」沒有再生氣，他反倒冷笑著說：「剛好，我今天就是要來告訴妳這個消息。這個星期六晚上，妳等著聽我報佳音，最好還拿點積蓄出來，準備給我擺張酒席，舉辦慶功宴。」

「還真的有？」他這一說，反倒讓我錯愕，收起剛剛唇槍舌戰的鋒利，我認真地問：「你真的有喜歡的對象，而且還要去告白？」

「妳等著聽我的好消息吧，」他「哼」了一聲，說：「要是我連個女人都追不到，老子跟妳姓都沒關係，以後我改名叫葉涵予。」

包廂裡雖然才坐了四個女人，卻能造成如此誇張的混亂場面，老實說，連我自己都詫異。小蔓把輪椅推到一邊，直接躺上沙發。鈴鼓、麥克風、外套全都散落在她身邊；珮珮在螢幕前又唱又跳，活脫脫就是蔡依林的翻版，但下一首歌切換過後，她又搖身一變，化身為謝金燕；至於另一邊，若萍活像剛從飢餓三十的活動中脫身，雙手跟嘴巴忙得不可開交，右手筷子、左手湯匙，不斷往嘴裡塞進食物，滿桌杯盤狼藉，全都是她的傑作。

「妳們到底是來幹嘛的？」我忍不住問。

「不是惜別晚會嗎？」珮珮還抓著麥克風，納悶地問。

「妳們看起來有像在惜別的樣子嗎？」

「拜託，妳要去的地方不過就是上海，搭飛機都能當天來回了。」小蔓聳肩說：「我實在不想這麼講，但如果想家的話，妳每個週末都可以回來好嗎？」

「買機票不用花錢啊！」我抓起麥克風，大聲抗議。

「喔，那不在本會期的討論範圍，不好意思。」說著，小蔓拿起杯子，很悠哉地乾了一杯啤酒。

仔細想想，她們說的倒也不無道理，上海跟台北，那能有多遠？雖然每週往返確實是誇張了點，但如果真的想回來，也不是多困難的事，就看我要不要砸錢當空中飛人而已。

公司那邊的交接全都處理好之後，星期一一早就要啟程，我也已經把住了好久的公寓辦退租，房東說過陣子會來檢查有無毀損或破壞，也會將租屋押金轉匯到我的銀行帳戶。我有些不用的東西，已然全數寄回老家，剩下的零碎物品，帶不走的就先擱在珮珮目前的租屋處，反正她那裡還有空間可以讓我無限期堆放，這兩天也先住在她家。

趁著最後兩天的休息，我只想完全放空，什麼都不要去想，給自己一個喘息的空間。自從跟小肆分手後，我絕足不再踏進「回聲」，跟樂團的人也斷絕了往來，更不再接近小美工作的地方附近，儘管都還處在同一個城市裡，但我把自己的生活圈極力縮小，甚至連手機裡的通訊錄都做過整理，有些我不願再看到的人名，就讓他們全都離我遠去吧，而這將近半年來，我新認識的所有人當中，唯一一個還跟我有聯絡的，就只剩下江涵予而已。

再一想到他，我忍不住低頭看看手機上顯示的時間，都已經晚上十點多了，他還沒打電話來。一邊看著，我一邊在想，這人未免也太不夠意思，有喜歡的人，卻從來沒跟我說過，難道我們不是交心的好朋友嗎？我這段愛情裡所有的喜怒哀樂，他全都看得一清二楚，但他自己的那部分，竟是從來也不願與我分享，而我轉念再想，是不是我太過自私了，從頭到尾都只想要別人來分擔我的心情，卻疏於付出關心，所以即使他有什麼想法，卻根本也沒有對我說出口，或徵詢我意見的機會？好吧，我暗自下了決定，最後這一兩天，我願意敞開心房，好好傾聽他的心聲，不過前提是，那得是他今天告白失敗才行，我可不想看到他耀武揚威炫耀著戀愛進行式的臭屁模樣。

珮珮一連唱了好幾首動感的歌曲，彷彿無限擴大的喇叭聲響，讓人聽得都頭暈，那個女人好不容易終於扭屁股扭得累了，這才肯乖乖交棒，而我今晚原本沒有太多唱歌的興致，來這裡主要也只是想跟她們聚聚而已，但小蔓說了，既然都來了，不唱歌可是會遭天譴的，於是我百無聊賴才點了幾首慢歌，但唱著唱著，心情卻慢慢沉了下來。

隨著音樂的行進，很多發生在自己身上的遭遇也跟著浮上心頭，我眼裡看著螢幕上，男女主角演出的一段段故事，心裡在想，是什麼原因，我會忽然下定決心要放棄呢？當初，我在滿懷幸福的瞬間忽然被迫退居第二順位，一段本來該屬於我的愛情，卻被從英國回來的小美輕而易舉就奪了回去，那時我也曾經放棄，還強迫江涵予帶我去跑了一趟療傷的環島之旅，但環島回來後，當小肆再次出現時，我幾乎沒有任何猶豫或考慮，立刻又接受了他的存在，心甘情願地當起第三者，也打定主意，就算小美要比的是耐性，我也會跟著耗到底，絕對不會輕言放棄。

那為什麼事情後來會急轉直下，成了現在這副模樣？我手握麥克風，兩眼出神，映入腦海裡的不再是螢幕中的男女主角，而是小肆載著那個身穿黃色上衣的女孩，兩個人幸福甜蜜，一起在路邊的小攤子吃飯的畫面。是了，在徹底分手之後，我一直懷抱著些許迷惘，但究竟迷惘的是什麼，卻老是說不上來，我強迫自己趕快恢復精神，在工作上追求更高的效率，也接受了人事調遣的安排，一切都變化得很快，但在快節奏的步調中，我始終不能抹去的，就是偶爾會浮上心頭的這份迷惑感，而現在我忽地恍然，那個連我自己都沒搞懂的原因，現在我知道了。

「妳沒事吧？」打斷我的沉思，原來已經漏唱了一段，她們三個發現我坐在沙發上怔怔出神，也覺得納悶。小蔓忍不住叫了我一聲，而我沒有回答，只點點頭，把麥克風遞給她，自己則在她接手開始唱歌後，倒了一杯啤酒，用力灌下一大口。

我不是不願等待，不是輸不起，更不是因為什麼道德感之類的問題，才會選擇退出這場愛情的競爭，之所以在這麼倉促的情況下，毅然選擇離開，那是因為我以前並不知道，原來自己儘管可以忍受因為小美的返台，而被迫屈身淪為第三者的無奈，卻不能接受小肆在坐看我讓出第一名的座位後，還要再有其他的女人。

小美的存在已經太久，而且是在我之前，那是我無法勉強的命運使然，只能怪自己跟他相見恨晚，但我真的真的不能接受，他在有了我之後，還要再多一個，甚至是更多個；而我也在這一瞬間明白了小美說的那些話，那不是為了勸退或威嚇競爭者的虛妄之詞，在小美總是淺淺的微笑中，在她說那些話的背後，其實隱藏了多少年來，她不斷承受的痛苦與折磨，而我也終於了解，她所謂的「等候」，並不是一年兩年，也不是三年五年就結束的，那可能是一生都無悔的守候，才有辦法得到自己期待的幸福，而那種等候，也不是任誰都能等得下去的，因為，在等待的同時，我做不到像她那樣，對所有路過小肆身邊的風景們，全都視而不見。所以我輸了，輸得徹徹底底，小美已經等了十年，她還在堅持著，而我只因為小肆一次的出軌，就證明了自己是玩不起這場遊戲的人，更在徹底分手了一段時間後，當我決定要避走海外的這臨行前夕，才終於搞懂了自己為何要離開的全部原因。

所有歡聚的心情在此時早已消失殆盡，可是距離我們說好的徹夜狂歡，至少還有好幾個小時才會結束。忍著差點沒再落下的眼淚，我趕緊去了一趟廁所，怕弄壞臉上的妝，小心用紙巾沾去眼角的淚水，我對著鏡子，看看自己今天的模樣，不斷自我提醒，夠了，不該再哭了，就像前些天跟江涵予一次午餐的相約時，他不問我是否已經痊癒，卻只問我哭夠了沒，我那時點點頭，說真的夠了，也真的累了。一想到他，我忍不住摸摸口袋，發現原來有一通未接來電，回撥過去，江涵予很快接聽，他似乎頗為焦慮，問我是不是不在家。

「都快出國了，最後一個週末假期，我在家要幹嘛？」我理直氣壯地說：「再說，老娘今晚不出來狂歡作樂，難道要把力氣省下來，在家裡打坐修禪嗎？」

「所以妳今晚不回家啦？」

「不是不回家，而是我根本就沒有家了。原本住的地方已經退租了，我這兩天要借住珮珮家。今天晚上大家要拚夜唱，小蔓的包廂是訂到早上六點，我們四個女人還要一起去吃早餐呢。」我一邊努力收攝起剛剛那些複雜的情緒，同時也因為聽到他的聲音，心情不由自主就變得好了起來，我笑著問：「怎麼樣，告白失敗了，想找姊姊哭訴嗎？姊今晚沒空，明天吧，我出國前的最後一個星期天，睡飽之後，可以聽聽你失戀的心情，這樣好不好？」

「好妳媽的頭。」非常沒禮貌的，江涵予居然罵了我這一句，然後直接就把電話給掛了。

在錯誤的愛情裡放手，才能成全真正的幸福。

聊起自己的戀愛經驗，我跟江涵予說，在小肆之前，我前兩段戀愛是在大學的時候，不過儘管只是暗戀而已，但說也奇怪，現在不管我多麼努力回想，除了那個男生的名字還記得之外，其他的一切都已不復記憶；而跟小肆在一起的時間雖然不算太久，我卻好像經歷了一段漫長的起伏，把全身的力氣都耗盡了。江涵予點點頭，然後又聳聳肩，說愛情本來就是這樣，過程有多開心，結束時就會有多痛。

「至於大學那個，妳會不記得過程，那其實也是正常的。」江涵予嗤之以鼻，「暗戀算他媽的什麼戀愛經驗？呸。」

「說話客氣點，那可是我最純真浪漫的初戀耶！不過到現在，我還剩下最後一件事情沒有弄懂。」我說：「會跟小肆分手，我一直覺得是自己的錯，是不是我本來就沒搞懂他的遊戲規則，逼著他放棄他本來就擁有的自由，無論那種自由的方式是正確或錯誤，我是否都不該干涉？」

「天曉得，這問題妳這輩子如果還有機會遇見他，不妨自己問問？」

「算了吧。」我苦笑，「這問題我問你就好，因為你也不是那種太正常的人，你應該會有類似的看法才對。」

推著手推車，在超市裡漫無目的地走著，江涵予瀏覽架上商品，說：「有些人活了一輩子，都在追求自由，可能就像他那樣；有些人活了一輩子，都在享受因為追求自由而伴隨到來的苦與樂，大概就像妳這樣。」

「那你呢？你是前者或後者？」我問。

「我是第三種，」他故意擺出一副很帥的模樣，裝腔作勢地說：「我這一生在尋找的，只是一個值得我放棄自由的人。」他演得很真，可惜我在超市裡也笑得很大聲。

對我這種已經二十好幾的女人來說，唱歌唱到天亮，還吃完早餐再回家睡覺，這種過度消耗體力的活動是非常辛苦的，而且肯定需要大量補休才能恢復元氣，然而時間緊迫，再不碰面聽八卦，我星期一早上就要前往機場，可就錯過好戲了。因此，即使非常想睡覺，走起路來老是有點恍惚，但我依然在星期天的下午四點起床，從珮珮家趕著出門，到超市再走一圈，看看有沒有什麼可以權充伴手禮的東西，要帶給我在大陸那邊的新同事們，同時也正好可以聽聽江涵予的愛情故事。

「愛情故事？妳昨天喝太多酒，腦袋壞掉了嗎？」他瞄我一眼，說：「這件事沒什麼好再談的。」

「怎麼可能沒得談？你可以從頭到尾說一遍，怎麼認識的、過程如何、告白的契機是什麼，乃至於告白的結果，這個是最精華的重點，你一定要仔細交代。」

「交代個屁。」他沒好氣地說：「我昨天被放鴿子了。」

「啊？」

「葉心亭，妳表情可以更誇張點沒關係。」又瞪我一眼，推著推車慢慢往前走，他無奈地說：「人家根本沒把我放心上，當然也沒打算接受我的愛情，就這樣，報告完畢。」

我搖頭，不敢置信，沒想到居然會是這種結局，問他是不是跟對方約錯時間，但他反問，天底下會有這種事嗎？

「好像不會。」我嘆氣。

「那就對了。」他也嘆氣。

雖然他說得好像挺有道理，但走著走著，我終究安不下心，又問他跟那個女孩子是不是認識很久了，而他點頭，說已經相識好一段時間。

「既然都一段時間了，難道你都沒表示過？起碼也讓對方知道，你會是一個不錯的選擇？」

「當一個人只專注著想跳進眼前的大洞時，是看不見旁邊還有很多好風景的。」他拐個彎，說的雖然是他自己的事，卻聽得我膽戰心驚，這莫非是在暗示我什麼？

「所以你星期六晚上到底是怎麼約的？為什麼會被放鴿子？」我拒絕再這麼忐忑下

去，決定開門見山，想確定這件事當中，是否有誰誤會了什麼，或者弄錯了些什麼。

「都事到如今了，這件事還有討論的必要嗎？」他滿臉無奈。

「有。」我認真地點頭，說了個自己聽來都覺得非常棒的好理由：「因為我一路走來的迂迂迴迴，你都看在眼裡，因此，你那邊如果有什麼笑話或好戲可以瞧，我也不該錯過任何一段才對。」

「媽的葉心亭妳怎麼好意思？」他瞪我一眼。雖然雅不情願，但往前走了幾步，最後還是說了：「其實，我雖然約了星期六，但沒有特別告訴對方到底那天要幹嘛，而我總認為，只要是心有靈犀的兩個人，她總會知道我曾在言談中暗示過的意思。」

「結果？」

「結果不就如妳所見？我撲了個空，什麼結果也沒有，最後只好又跟妳在這裡買東西。」他又橫我一眼，說：「看來是一個表錯情，另一個會錯意了。」

我除了點點頭，別無其他好說，可是江涵予其實不但沒有給我任何具體的說明，甚至繞了一大圈後，我們等於還站在話題的原點。

看他一副垂頭喪氣的模樣，滿腦子大概都還在想著那個讓他吃閉門羹的女生吧，江涵予難得如此挫敗，而我搖頭苦笑，想起昨天晚上，小蔓天馬行空地想像後所說出來，但立刻被我否定的想法。那時我剛從包廂附設的洗手間出來，她覺得很狐疑，為什麼十分鐘前走進去時，我面色愁苦、泫然欲泣，可是十分鐘後，卻又笑容滿面地推開門，還接連唱了好幾首開心的歌曲。她問了一下，我也告訴她們，星期六晚上是我們四個女人興高采烈的狂歡週末夜，卻是江涵予孤注一擲、決定成敗的告白之夜，雖然我原先有相當程度的預感，這場告白應該會成功，然而聽到他打電話來時的語氣，顯然不太順利。當時小蔓放聲大笑，還詛咒這個天生的死對頭，希望他被當面打槍，最好是灰頭土臉，但笑著笑著，小蔓忽然問我：「為什麼他告白的對象不是妳？」

那時我很錯愕，問起原因，然而小蔓搖搖頭，她說這就只是感覺，而這一講，居然連若萍也附和，她說之前就有觀察過，比起小肆，我好像跟江涵予在一起還更適合些。

「今天他去跟自己喜歡的女人告白，而我事前沒接到任何行程預約，現在還坐在這裡唱歌，妳們覺得他告白的對象會是我嗎？」我說：「收起妳們的想像力好嗎？我這輩子寧可永遠嫁不出去，也絕對不會再愛一個藝術家。」

是的，不是我，小蔓猜錯了。我看著江涵予落寞的背影，心裡這樣肯定著。如果他要告白的對象是我，那又何必非得昨天晚上不可？如果我就是他喜歡的人，從認識到現在，那麼多的機會，他早就應該開口了才對，更不會在昨天的告白失敗後，今天還這麼「哥兒們」似地陪我一起逛家樂福，跟我若無其事地瞎扯淡；而如果那個他想告白的對象真的是我，那我只能說，江涵予要嘛精神分裂，再不就是天生的好演員。走過賣場的乾貨區，隨便瀏覽商品，我又問江涵予，想知道他接下來打算如何，是要放棄或繼續，可是江涵予沒正面回答，他說有一年，為了拍一張讓自己滿意的日出照片，曾在宜蘭太平山上連待了五天，等了又等，拍了又拍，雖然最後終於成功，卻差點凍死跟餓死在荒郊野外。

「只要不移動腳跟，總有等到完美日出的機會，但愛情呢？」我質疑。

「剛好相反。」他說：「不移動腳跟的人，永遠只能跟愛情擦肩而過。」這幾句話說得似乎頗富哲理，我點頭不已，但其實沒有真的搞懂意思，江涵予忽然嘆了口氣，說：「也許是我太心急了，時機不夠成熟就貿然按下快門，才會變成這個樣子。看來得緩一緩，再多等一段時間。」

「等多久？等到了會怎樣？等不到又怎麼辦？」

「等到是時候的時候。等到了，妳就招待我一頓上海菜吃到飽；等不到的話，我照樣去上海，卻是去揍妳一萬拳，好嗎？」他沒好氣地說。

話題最後沒有結論，我沒得到任何答案，江涵予也沒給什麼猜測的線索，連他單戀對方的過程都隻字不提，我根本無從推敲起，最後只好祝他好運，也請他如果要來上海揍我，記得順便帶點台灣小吃來，這樣，真免不了要挨拳頭時，至少我也會開心點。

買了幾盒鳳梨酥，又添購了些我自己想帶去的東西，結完帳後，在大賣場附設的餐飲區坐下來吃點東西。假日傍晚的人潮很擁擠，每家餐飲店都擠滿了人，本來我很想吃炒米粉，不過想想作罷，最後還是由江涵予跑腿，去點餐比較方便的麥當勞櫃台排隊，而我則一邊檢視剛剛的戰利品，順便幫忙顧包包。

坐在那裡，我把一盒盒的鳳梨酥拿出來看了看，勉強壓抑自己很想偷吃一塊的欲望，趕緊全部又塞回塑膠袋裡，正無聊，桌子忽然不斷震動，我先愣了一下，才意會過來，可能是手機響了，但我的電話就在口袋裡，桌上除了購物袋裡的東西，只剩江涵予的小包包。要叫他嗎？瞧他在隊伍裡排了半天，好不容易才輪到點餐，可是我又不敢丟下東西，輕易離開座位，想了想，我決定打開那個小背包，把他的電話拿出來，按下接通鍵。

來電者自稱是補習班的人員，聽到有女生接聽，顯得有些訝異，但隨即也託我轉達，只是想跟江涵予討論課程調動的事情，我仔細聆聽，在心裡默默記下，後天晚上七點的課程，為了配合其他老師，得要暫停一次，至於補課時間則在下週六的下午兩點，或者下週日的下午四點，上課教室要從原本的二〇三換到比較大間的二〇四，補習班這邊會先寄發信件給班上學生，再看大家方便而定，至於江老師這邊，則請老師提供下一期課程的講綱，並等候本次調課異動的最後定案。我在對方講完後，跟著複誦一遍，都確認無誤後，這才掛上電話。

怎麼電腦補習班這麼龜毛，調個課而已嘛，需要大費周章成這樣？發個簡訊通知一下不就好了嗎？一邊想，我按下結束通話的按鍵，準備將手機再塞回他包包裡，然而就在那當下，本來只是不經意瞄過一眼，但我的手懸在半空中，卻忽然卡住，一時間竟錯愕得不知該如何是好。

江涵予的手機在切回原本的桌布畫面後，除了幾個常用的功能捷徑之外，底圖是一張女孩子的面容。那應該就是他喜歡的對象吧？我心中驚喜，想要一睹為快，但只怕連一秒鐘都不到，驚喜感頓然消失，我愣在那裡。那是一個女孩的照片沒錯，穿著淺藍色的上衣，微微側面，臉頰上掛著眼淚，是一張哭得很難過的畫面。我想起江涵予曾對我說過的一句話，他說：妳笑起來很好看，可惜總在哭泣時才想到我。這個女生，是我。

「剛剛補習班打電話來，說有老師要調你的課，還要改教室。」好半晌後，他終於端著漢堡跟可樂回來，而我愣了好久才回過神來。

「又要調課？我很沒身價就對了，隨便哪個老師都可以搶我的時段就對了？媽的，什麼態度！妳說哪一堂課要調？調哪裡？」他一聽就生氣，喝著可樂問我。

「我……忘了。」

從今以後，我想起你時，都會是微笑的表情。

尾聲

還記得在台北總公司的最後一天，我已經繳回門禁卡，下班時，徐經理幫我開門，還陪我走到電梯口，她說工作雖然很重要，但也別忘了自己的幸福，忙碌之餘，不妨多留意一下，上海分公司的營業處有幾個挺不錯的單身男業務。我笑著說這可能是最吸引我外派的原因，她應該早點說，我就不用考慮那麼久。

言猶在耳，但四個月來，其實我連跟那些男人單獨吃飯的機會都沒有，工作內容遠比想像中繁複，所帶來的忙碌與壓力也遠超過當初跟我談外派時所講的那種程度，而且依照我最近聽到的風聲，是楊姊偷偷打電話跟我說的，她說老闆有意延長外派人員的海外駐點時間，那意思就是說，本來講好的一年期限，現在可能無限期延伸下去。除了有一種誤上賊船的懊悔之外，我看著自己的台胞證，心想，下次回台灣，該不會就是結束外派的時候吧？真的是遙遙無期哪！

然而這樣或許也好，起碼因為距離遠了、因為工作忙了，有很多事就能不那麼縈懷，也就能慢慢淡忘與放下。拉開抽屜，我把台胞證收好，再轉移視線，看看方形置物盒中的小東西，那是一塊陶土燒成的破片，上面有個愛心。

那個星期一的早晨，不要任何人來送別，我也不喜歡那種感傷的氣氛。獨自一人，拖著行李箱，我提早出發。珮珮還以為我要直奔機場，但其實我叫計程車司機開往另一個方向。車子在台北市的街道上左穿右繞，最後回到了我原本住的地方。

雖然已經退租，但房租合約尚未到期，房東也還沒來處理，甚至連鑰匙都沒要我歸還。我把行李擱在計程車上，請司機稍微等一下，自己則緩步走上樓去。房子已經清空了，顯得非常寥落，有微風自沒關緊的窗戶吹進來，米白色窗簾拂動間，我看到窗台下的東西。那是所有家當都處理完畢後，唯一我選擇留下，再也不帶走的東西：愛心形的木吉他，依舊鮮艷漂亮的紅色烤漆在窗下讓陽光映照著，而琴頸上部，纏繞著一對古銅色金屬雕刻的耳環，那也是小肆送給我的禮物，我還記得，它名叫「翅膀」，除了耳環，繫在一起的，則是一隻木雕的蝴蝶，紅色，一樣是小肆給的。這種小蝴蝶我一共有兩隻，另一隻藍色的，是我要帶去大陸的，江涵予買給我的紀念品。

現在，我把你的自由還給你了，也把你的翅膀還給你了，而我回到原本最初的模樣，但你不必擔心，只要為我祝福就好，再割捨那對你送我的翅膀之後，我還會靠著兩條腿，繼續走到更遠的遠方，去看屬於我的世界。我相信，那個世界會很美、很充實、很精彩，而我知道，那個世界中，已經不再有你；特地繞路回來，我只是想要道別，道別的對象，是你，是以前的自己，是我們所有美好的、悲傷的，以及難分難捨的回憶。今天我會再認真看最後一眼，看完後，就是句點落下的時候，我們就該朝著各自的方向離開了，以後會再見面嗎？我想大概是不會了，而不見面也好，因為那是沒有意義的。

大約停留了十分鐘左右，我把房間鑰匙擱在玄關的鞋櫃上，關上房門前，紅色吉他在房間地板上的倒影，是我為了這段經歷而嘆了好長一口氣後，眼裡最後的印象；而我甫下樓，剛打開計程車的車門，包包裡的手機忽然響起，與此同時，我看到一輛宅急便的貨車剛好開到。那個快遞人員一聽說我正要出國，當下拍胸慶幸，還說萬一東西送不到，那可就麻煩了。

有些納悶，我不知道是誰會在此時此刻還寄快遞過來，在好奇中，我請計程車司機多留片刻，卻跟送快遞的先生借了剪刀，把紙箱拆開，然而開啟之後，我很錯愕，快遞人員更是尷尬至極。

「這個……這個……」一連說了兩次「這個」，後面的話，他無論如何都接不下去。但我並不介意，只跟他說沒關係，不用放在心上，因為那就是這件快遞貨品最適合的樣子。小紙箱中，是一只破碎的陶碗，如果它還維持著原樣，那釉面應該會呈現非常好看的藍色，然而此刻，碗已經破了，而且損壞得很嚴重，是無論如何都不可能再拼湊得回來了。我盯著那些碎片，看了又看，伸手去撥了一下，才找到兩塊碎片，其中之一，上面是小肆的署名，只有一個「4」字，另一塊上頭則畫了愛心，那是我的名字。看著那兩塊碎片，我沉默了許久，最後只撿出畫了愛心的那一塊，珍惜地收進口袋裡，其餘的，則全都捧到公寓樓下的垃圾桶邊，在一個深長的呼吸中，將所有碎片連同整個紙箱一起丟了進去。

這四個月來，隨著工作日趨繁忙，這些舊畫面已經愈來愈少出現在我腦海中，唯獨就只剩江涵予的話還清晰著。那天，計程車把我送到機場，辦完通關手續後，我在免稅店外面發呆，他忽然打電話來，說要祝我一路順風，但也怪我太小氣，連這輩子頭一次送機的經驗都不肯給他。

「我是擔心啊，萬一你來了，卻在這大庭廣眾之下哭了，姊姊我會很丟臉啊。」我苦口婆心地說著，自己都邊說邊笑，又告訴他，我在臨行前又跑回先前的住處一趟，還收到那只破碗的事情，說著說著，原本還有些輕鬆的心情卻漸漸沉重下來，儘管前一天我在大賣場已經窺見了他手機裡的照片，心下有些恍然，好像從此就不該再跟他聊這些，但不跟他聊，我又能跟誰聊呢？

「有些告別，那總是需要的。但妳既不能也不該抹煞回憶的存在，畢竟正因為有那些過去，才有今天的妳。所以妳跟那些不好的回憶告別之後，也更應該勇敢往前走，繼續去體驗新的人生，因為在一份沒有得到的幸福之後，一定還有真正屬於妳的幸福，會在某個地方等妳。」電話中，江涵予寓意深遠地說，而我坐在椅子上，已經非常沒骨氣地哭著，搞了半天，原來那個丟臉的人是我才對。可是哭哭啼啼中，我忽然想到什麼似的，破涕為笑，又對他說：「我到上海之後，會把那邊的地址跟電話都傳給你。」

「傳給我幹嘛？妳該不會打算哪天在上海也失戀了，還要我從台灣去陪妳吧？」他笑著問：「還是妳希望我可以在第二次告白失敗後，真的有個揍妳一萬拳的機會？」

「幸福的盡頭是不是還有幸福在等我，這個我不知道，但是我會在上海等你，等你幫我帶點道地的台灣小吃來。」我笑著，「當然，上海菜你一定可以吃到飽。」

上海菜吃到飽，你知道那代表什麼意思的，對吧？而你會幫我帶一份蚵仔煎或滷肉飯來嗎？或者在電話掛斷後，你就徹底遺忘這件事了呢？我猜應該不會，因為你自己也說了，追逐愛情跟在阿里山等日出，那是恰恰相反的事情，為了等日出，你必須死守山上，寸步不離；但為了愛情，你會勇敢地移動腳跟。那你何時才會開始行動呢？最近還忙著嗎？

四個月來，我們的聯繫並不多，但那不是江涵予的緣故，而是我真的太忙，別說講電話了，就連好好寫封電子郵件都未必允許。有幾回，他因為攝影展很順利，心情非常好，打電話想與我分享，或者剛結束補習班的課程，難得能休息幾天，也想問我是否有空，可是我要嘛正在開會，再不就是陪著客戶參觀新設置的產線，根本無暇應接，久而久之，知道我的工作情形後，他的主動聯繫就變少了，大多都是我真的偶有一天半天空閒時，才能撥電話回台灣給他，可是問題來了，當我有空時，他可未必就閒著。所以我只好像今晚這樣，打開抽屜，看看裡面的小東西，然後發呆。

如果四個月前，我沒跟小蔓她們去唱歌，乖乖待在家，而那天晚上，江涵予告白的對象又真的是我的話，那會怎樣？我會不會答應？這段時間以來，我偶爾會想想這問題，但每次都沒有答案，或者當下可能有，但過了十分鐘就又被推翻。那時，我真的已經走出小肆帶來的陰影了嗎？我已經恢復到可以再談下一次戀愛的時候了嗎？就算答案都是肯定的，但那個對象可以是江涵予嗎？我記得那次唱歌，自己還信誓旦旦地跟小蔓說，寧可一輩子不嫁，也絕不會再跟藝術家談戀愛，結果呢？

所以後來我把問題回歸到更本質的一面，我問自己，江涵予算是藝術家嗎？媽的他是什麼狗屁藝術家？他拍了一堆人像，但是人家心裡在想什麼，他哪時候真的搞懂過？這種跟吳珮綾一樣笨的人，能算得上什麼藝術家？

一邊想著，我手指不斷在平躺於桌面的手機上輕敲，開始猶豫要不要打電話。不管他是不是藝術家，今天晚上，我忽然好想聽到他的聲音，聽他說說台灣的天氣也好，說說上電腦課的情形也罷，再不然，聊點他最近攝影的心得都可以，等那些都聊夠了，我還想聽聽他那些跟愛情有關的謬論，好想聽他再鬼扯什麼戀愛的絕對自由理論，然後，我也想告訴他，四個月前，在大賣場休息時，他說過要再緩一緩、再等一等，這次他會克制自己的心急，專心等待一個再告白的良機到來，可是等到現在還沒下文，但我已經期待著，要帶他去公司附近那家小餐館，餐館老闆能燒一手道地的上海菜，是江涵予吃到飽的好選擇。

在機場那天，我說的已經夠明白了吧？只要你願意來一趟的話。但四個月過去了，怎麼你從沒提過要買張機票飛過來呢？是不是覺得時間還不夠久？是不是你認為我還需要更多的沉澱？或者你已經失去了勇氣或愛的感覺？否則怎麼每次電話中，你只是問我工作累不累、習慣這裡沒有，卻從來也不問問我是否想念台灣的一切？其實我在到職後的第二個星期，發現自己上了賊船之後，就已經開始想念了，我想念小蔓嘮叨囉嗦的聲音，想念珮珮跟若萍，也很想念我爸媽，當然更想念你。為什麼想你呢？因為我終於發覺，原來平常從不曾顯露出重要性的你，竟是我不可或缺的依靠，加班到深夜時，我想聽你那些緩解壓力的說笑聲；夜深人靜卻睡不著時，我想找你一起出去遛一遛；放假時，同事們帶我出去走走，看到繽紛華麗的上海霓虹，我第一個想像的，是你可能會採什麼角度來拍照，甚至當客戶送來一瓶據說挺昂貴的茅台酒，我都想找你一起喝兩杯。

可是你不在這裡，因為你不在，所以風景都不美，所以茅台我不喝，所以沉澱下來之後的心情反而更顯得孤單。我不知道怎樣的自己才是可以再接受下一段愛情的時候，卻再一次又一次地拉開抽屜，望著那些從台灣帶來的小東西時，發現自己每次盯著藍色蝴蝶的次數與時間，不知不覺中，早已遠遠超過了我看著碎陶片的時候，這表示我已經慢慢地走出過去了嗎？在上一段終於沒能獲得的幸福之後，還有一份真的屬於我的幸福在等我嗎？

那份幸福是由你來給的吧？我猜自己應該已經準備好了，但你何時才願意給我呢？我很想知道這些問題的答案，但這答案恐怕還是得等你來告訴我。

一邊想著，手機忽然震動，我本以為是自己不小心按到撥話鍵，然而拿起來一看，卻是江涵予打來的。

「如果你的女朋友在跟你討論婚禮的邀請對象，你會介意她把自己的前男友也找來嗎？」我不知道思緒為什麼會忽然亂跳，驀地想到這個怪問題，劈頭就問。

「在確定不會引狼入室，引發新娘被劫走，或者前男友大鬧會場的情況下，應該沒有關係吧？」他想了想，說：「讓他看看妳現在最幸福的樣子，要嘛氣死他，要嘛他也很大方，願意誠摯地給予祝福，看著妳跟我一起步入禮堂，那不是很好嗎？」

「我跟你步入禮堂？你神經錯亂了是不是？」我皺眉頭。

「只是打個比方嘛。」他笑著問我：「怎麼，妳又談戀愛了嗎？想結婚啦？」

「不知道，我很怕重蹈覆轍，又跟上次一樣。」我也忍不住笑了，說：「萬一又跟上次一樣，我怕你積蓄不夠，沒辦法三天兩頭買機票飛來上海陪我喝酒。」

「想那麼多幹嘛呢？還記得我跟妳說過的嗎，妳要怎麼去愛一個人都可以，哪怕傷得再重、再痛也都無所謂，妳可以從不在乎對方最後的選擇，只要自己清楚，知道一切都是自己心甘情願的，也都是值得的，這樣就足夠了，就像……」他忽然停了一下，又說：

「等等，我幹嘛在電話中跟妳聊這些？妳他媽的不知道國際漫遊電話費很貴嗎？還不快點來開門！」

「開門？」我愣了一下，回頭，小套房的房門外，難道會有他的身影嗎？掛掉電話，狐疑著，我走到門邊，把鎖扭開，四個月不見，江涵予還是一頭短髮、朝氣十足的模樣，他背上背著大包包，手裡拎著塑膠袋，雖然沒聞到香味，但我看到袋子裡面有個便當盒，那肯定是來自台灣的道地小吃。

「你剛剛話還沒說完，就像什麼？」我一臉錯愕，但隨即努力鎮定情緒，一時還不敢相信自己眼裡所看到的，電話握在掌心裡，我眨眨眼，確認自己沒有見鬼，眼前這個人確實是江涵予沒錯。

「就像我愛妳那樣。」他笑著，抬起手來晃一晃，問我想不想吃滷肉飯，但我在點頭時，兩滴眼淚不小心就掉了下來，江涵予的手還在眼前晃著，掛在他手腕上的，是我一邊哭著，一邊甩出去，本該消失在宜蘭那個不知名的海邊，象徵我的一生寄託的銀色手鍊。他找回來了，他戴在手上了，他說：「哭吧，今天哭完之後，我以後拍到的，就都只是妳的笑容了。」

從今以後，我就算哭，也是因為笑得太開心。

·後記·

在幸福的盡頭還有

在幸福的盡頭還有，還有什麼？繞行在北宜公路上，專程開車往宜蘭去吃碗肉羹麵的途中，王漢威小朋友問我還有什麼，我說還有的東西可多了。幸福如果真的是幸福，那幸福就不該有結束的一天；倘若一段幸福最後終將走到盡頭，那這算哪門子的幸福？這一定是假幸福！所以，在幸福的盡頭還有的，就是歷經風雨後才會得到的真正的幸福。

不過這個書名當時被王漢威小朋友打槍，她非常排斥，還說自己信手捻來一個很好的故事開頭，未來可以鋪衍成一篇應該不算糟糕的小說，怎麼可以用這種沒頭沒腦的書名？過了不久，我跟如玉說了這個書名，她當時雖然不置可否，但我看也岌岌可危，搞不好讀者們拿到書的時候，這書名根本已經跟「在幸福的盡頭還有」一點關係都沒有了，但那也是沒辦法的事。

大多數的愛情故事中，我們總不斷反覆藉由劇情發展，去探究一些老套至極的問題，可說也奇怪，愈探究會有愈不同的想法，而同樣一個問題，在不同的故事中，也會探究出不同的結局。我想起的是跟如玉討論書名那天，也一併聊到的，是不是堅持到最後的人，就一定能得到幸福？稍往前者，《獨白》寫的是「排隊原來不能等到幸福」，更往前者，《大度山之戀》卻又有不同結局，而這之間的幾十本書，我們或多或少也寫到了相似的問題，但答案也各自不一；而在愛與被愛間，如何選擇才是對的，也都在很多故事裡，被我們反覆玩味，最後都得到不同的結果。愛情有趣的地方在這裡，愛情讓人覺得很機車的地方其實也在這裡，而活在現實中的我們，不能靠著一本小說給你的啟發，就完全信奉為圭臬，其原因也恰恰就在這裡。否則，你覺得你在被現實世界中，一個很像小肆的男人（或女人）給傷害了之後，你一定有個「上海」可以逃？而你又豈能預料，你身邊的哪個人，剛好就扮演著江涵予的角色？我們鋪排出一幕幕動人的章節，把故事導向最後的美好，目的不在教育讀者，說愛情一定都能苦盡甘來，至少，我只是不忍看葉心亭的一生被丟擲在沙灘上，更不希望她所有的幸福都碎成再無可拼湊的碎片。從前兩年的疼痛三部曲後，我真的很想寫一些自己還願意反覆多看幾次的故事，而不要每次手伸出去，就因為太能體會故事中那些痛不欲生的滋味，怕自己也隨著劇情又難過一次，然後就此縮手。

所以我很堅持，這回也要有個美好的收尾，更希望透過一篇主架構其實並不複雜的故事，告訴我的讀者們，堅持愛一個人，有時未必能得到最好的結果，幸福有時是因為你的堅定而得到，有時卻也可能因為你的放棄，才又在意想不到的方向中，從另一個人的身上獲得。這世上沒有什麼是絕對的事情，就像我剛剛又想到一個答案，在幸福的盡頭之後還有，還有一篇我遲遲未能交稿，一想到就覺得非常愧對我指導教授的碩士論文，然後，我原本洋溢在心裡、寫完小說時應該有的滿滿喜悅，就這樣瞬間消散於無形了。

只是喜悅散去後，我回過頭再想，心亭終於明白了愛與被愛的差別嗎？她有因此而比較幸福嗎？一直無止盡付出的江涵予會有疲倦的一天嗎？而小肆的人生觀到底是對或錯？像這樣永遠活在一個「臨時」世界中的人，他會不會有一天，終於願意只為了自己，而開始思考「永恆」呢？而我想最可悲的或許就是小美了，她賭上的是一生，但即使是作者，都不能預料她那一生在盡頭時，是否已經擁有了自己窮耗青春後，真的因等候而終於得到她想得到的，甚至，就算得到了，那還剩下些什麼？有些人會在愛裡就後悔，或在愛了之後才後悔，但有些人，可能即使感受到後悔，卻也把悔意當成了甜美的果實，所有的差別，只在於我們想在愛裡得到什麼而已。

因為想要的不同，所以每個人的故事也就出現了歧異；因為出現了歧異，也才有各自不同的結局。不同的小說主角是如此，同一篇小說裡的每個人物也是如此，連現實中的我們每個人也不例外，但無論如何，我相信任何人都應該有獲得幸福的資格，如果看著這本書的你剛走到一段幸福的盡頭，你也要相信自己，在這段幸福的盡頭，只是另一段幸福的即將開始而已。

東燁

二〇一四年四月十八日

把江涵予從他那一夥玩攝影的哥兒們之中拉出來，也不管臉上跟頭上的妝扮都還沒完成，一手挽著好長的緞面裙襬，一手抓著他，躲到僻靜的角落，我小聲地問，為什麼會在現場看到小肆。

「他來啦？」江涵予絲毫不以為意，還一副想去打招呼的樣子。

「你真的把請帖寄給他啦？」我咋舌，「那張請帖是剩下來的，不是開玩笑地寫寫而已嗎？」

「剩下的就不能寄嗎？再說寫都寫了，幹嘛不寄？」他本來一臉認真，但隨即又狐疑地說：「應該不至於發生搶新娘的事吧？我……」蠢話沒能說完，我已經一拳搥了過去，江涵予笑著挨了拳頭，他輕輕捧著我的臉頰，溫柔地說：「親愛的，放心，好嗎？雖然已經過了兩三年，但我相信，那天晚上我在上海跟妳說過的，妳一定都還記得才對。」

看著他的眼神，我愣了一下，思緒飛快回到還在上海的那時候。那天晚上，我一邊吃著渡海而來，雖然已經冷掉，卻依舊美味的滷肉飯，而坐在旁邊看我大快朵頤的江涵予再看看掛在他自己手上，那條趁著失戀的我躲在廁所哭泣時，趕緊跑到堤防邊去撿回來的銀鍊子，他說：「妳是一個很勇敢去愛過的人，妳值得全世界的人都為妳祝福。」

在幸福的盡頭，還有真正的幸福才剛要開始。

【全文完】

辛夷塢：
「《蝕心者》是我目前爲止最好的一本小說，
沒有之一。」

有一天，一隻孤獨漂泊的野狐狸闖進一座廢園，在裡頭發現一隻石狐。牠將石狐當成世上唯一的同類，終日與它為伴。

到了冬天，小野狐蜷在石狐身旁，想著要是它能活過來該有多好。為了讓石狐成真，小野狐按照佛的指示，掏出自己的心，放進石狐的胸膛。

石狐活了，和小野狐共度了一段很快樂的時光。但活過來的石狐漸漸厭倦困在廢園的日子，努力修成正果，擁有了人形，就這樣一去不回。

被留下的小野狐整日在廢園遊蕩，因為沒有了心，不會老也不會死，等待牠的，只有無窮無盡的壽命和寂寞……

年少的時候，她從他口中聽聞了這麼一個故事。而她和他無法分割的命運，正是從一座廢園開始。

或許，世間每一對痴男怨女裡，總有一個是石狐變的，另一個就是又痴又傻的小野狐。

知名作者郝譽翔　暢銷作者倪采青　音樂創作人許哲珮
OL心聲代言人雪倫　網路小說人氣作者Sunry、晴菜
感動推薦

青春務必慘烈一些才好。
年少時的記憶血肉橫飛，老來諸事相忘，舔舔唇，
還可隱約感受到當年熱血的腥甜。

兩個在苦難孤獨中依偎長大的孩子：謝桔年和巫雨，以及兩個自小在溫室備受呵護的孩子：韓述和陳潔潔，原是兩條平行線的四個人因緣巧合產生交集，從此交纏不清，本應平淡下去的青春變得滿目瘡痍、慘烈無比……

張愛玲曾說，普通人的一生，再好些也不過是桃花扇，撞破了頭，血濺到扇子，聰明之人，就在扇子上略加點染成為一枝桃花；愚拙之人，就守著看一輩子的汙血扇子。

青春也是如此，誰當年沒有張狂衝動過，誰沒有無知可笑過。可別人的青春是用來過度、用來回望的，但她不同，她撞得太用力，血濺五步，哪裡還有什麼桃花扇，生生染就了一塊紅領巾。

假如，那年桔年愛上了韓述，他們共同走過不解情事的歲月，到最後分道揚鑣，也許只會各自變成對方心裡一個灰色的影子。

又假如，那年巫雨真帶著陳潔潔走了，也許有一天她會怪他，會回頭，然後像個普通的女人那樣繼續生活，他也在另外一個地方結婚生子，他們兩兩相忘。

很多人在青春年代有過的叛逆生涯沒什麼不同，不知道要去哪裡，不知道為什麼要出走，只是想要有一種帶我飛出去的感覺，幾年後，也就倦了。

有些青春放肆過了可以回頭，有些則無路可退，但人總要在多年後回首才發現，也許最好是停頓在當年。一切都來不及開始，一切都不會開始，當然也不會有結局的無奈和眼淚，沒有誰被傷了心。

劇場導演**吳定謙**　**OL**心聲代言人**雪倫**　網路小說暢銷天王**藤井樹**
商周出版編輯群 誠摯推薦

國家圖書館出版品預行編目資料

在幸福的盡頭還有／東燁（穹風）著. -- 初版. -- 臺北市：商周出版：家庭傳媒城邦分公司發行, 2014
面：　公分. --（網路小說；234）
ISBN 978-986-272-610-5（平裝）
857.7　　103010190

在幸福的盡頭還有

作　　者／東燁（穹風）
企畫選書人／楊如玉
責 任 編 輯／楊如玉

版　　權／翁靜如
行 銷 業 務／李衍逸、黃崇華
總 編 輯／楊如玉
總 經 理／彭之琬
發 行 人／何飛鵬
法 律 顧 問／台英國際商務法律事務所　羅明通律師
出　　版／商周出版
城邦文化事業股份有限公司
台北市民生東路二段 141 號 9 樓
電話：(02) 25007008　傳真：(02) 25007759
Blog：http://bwp25007008.pixnet.net/blog
E-mail：bwp.service@cite.com.tw
發　　行／英屬蓋曼群島商家庭傳媒股份有限公司城邦分公司
台北市民生東路二段 141 號 2 樓
書虫客服服務專線：(02) 25007718、(02) 25007719
服務時間：週一至週五上午09:30-12:00；下午13:30-17:00
24 小時傳真專線：(02) 25001990、(02) 25001991
劃撥帳號：19863813；戶名：書虫股份有限公司
讀者服務信箱：service@readingclub.com.tw
城邦讀書花園：www.cite.com.tw
香港發行所／城邦（香港）出版集團有限公司
香港灣仔駱克道193號東超商業中心1樓
E-mail：hkcite@biznetvigator.com
電話：(852)25086231　傳真：(852) 25789337
馬新發行所／城邦（馬新）出版集團【Cité (M) Sdn. Bhd.】
41, Jalan Radin Anum, Bandar Baru Sri Petaling,
57000 Kuala Lumpur, Malaysia.
Tel: (603) 90578822　Fax:(603) 90576622
email:cite@cite.com.my

封 面 設 計／黃聖文
版 型 設 計／鍾瑩芳
排　　版／新鑫電腦排版工作室
印　　刷／高典印刷有限公司
總 經 銷／高見文化行銷股份有限公司
電話：(02) 26689005　傳真：(02) 26689790
客服專線：0800-055-365

■2014 年 7 月 31 日初版
■2015 年 9 月 23 日初版 7 刷
Printed in Taiwan
城邦讀書花園 www.cite.com.tw

定價200元

 ISBN 978-986-272-610-5

廣	告	回	函
北區郵政管理登記證			
台北廣字第000791號			
郵資已付，免貼郵票			

104台北市民生東路二段141號2樓

英屬蓋曼群島商家庭傳媒股份有限公司　城邦分公司

請沿虛線對摺，謝謝！

書號：BX4234　**書名**：在幸福的盡頭還有　**編碼**：

請於此處用膠水黏貼

商周出版

讀者回函卡

感謝您購買我們出版的書籍！請費心填寫此回函卡，我們將不定期寄上城邦集團最新的出版訊息。

不定期好禮相贈！
立即加入：商周出版
Facebook 粉絲團

姓名：________________ 性別：☐男 ☐女

生日：西元________年________月________日

地址：________________

聯絡電話：________________ 傳真：________________

E-mail ：

學歷：☐ 1. 小學 ☐ 2. 國中 ☐ 3. 高中 ☐ 4. 大學 ☐ 5. 研究所以上

職業：☐ 1. 學生 ☐ 2. 軍公教 ☐ 3. 服務 ☐ 4. 金融 ☐ 5. 製造 ☐ 6. 資訊
☐ 7. 傳播 ☐ 8. 自由業 ☐ 9. 農漁牧 ☐ 10. 家管 ☐ 11. 退休
☐ 12. 其他________________

您從何種方式得知本書消息？

☐ 1. 書店 ☐ 2. 網路 ☐ 3. 報紙 ☐ 4. 雜誌 ☐ 5. 廣播 ☐ 6. 電視
☐ 7. 親友推薦 ☐ 8. 其他________________

您通常以何種方式購書？

☐ 1. 書店 ☐ 2. 網路 ☐ 3. 傳真訂購 ☐ 4. 郵局劃撥 ☐ 5. 其他________

您喜歡閱讀那些類別的書籍？

☐ 1. 財經商業 ☐ 2. 自然科學 ☐ 3. 歷史 ☐ 4. 法律 ☐ 5. 文學
☐ 6. 休閒旅遊 ☐ 7. 小說 ☐ 8. 人物傳記 ☐ 9. 生活、勵志 ☐ 10. 其他

對我們的建議：________________

____

____

【為提供訂購、行銷、客戶管理或其他合於營業登記項目或章程所定業務之目的，城邦出版人集團（即英屬蓋曼群島商家庭傳媒（股）公司城邦分公司、城邦文化事業（股）公司），於本集團之營運期間及地區內，將以電郵、傳真、電話、簡訊、郵寄或其他公告方式利用您提供之資料（資料類別：C001、C002、C003、C011 等）。利用對象除本集團外，亦可能包括相關服務的協力機構。如您有依個資法第三條或其他需服務之處，得致電本公司客服中心電話 02-25007718 請求協助。相關資料如為非必要項目，不提供亦不影響您的權益。】

1.C001 辨識個人者：如消費者之姓名、地址、電話、電子郵件等資訊。
2.C002 辨識財務者：如信用卡或轉帳帳戶資訊。
3.C003 政府資料中之辨識者：如身分證字號或護照號碼（外國人）。
4.C011 個人描述：如性別、國籍、出生年月日。

請於此處用膠水黏貼